四角い光の連なりが

越谷オサム
koshigaya osamu

新潮社

目次

四角い光の連なりが

やまびこ

ああ、一関に帰るんだな。

薄い綿を耳にあてがわれるような特有の静けさに包まれて、仕事のことがようやく頭から離れだした。

客室とデッキを隔てる自動ドアが閉まると、プラットホームのざわめきはいよいよ遠くなる。春休み期間中とあってか、十二時半過ぎに東京駅を出発するやまびこ号はそれなりに混雑している。が、僕が指定した席の並びには客の姿はない。

着替えを詰め込んだビジネスバッグをいったん座席に置き、ガーメントバッグを壁のフックに掛けたところで、内ポケットの携帯電話が振動した。取り出してみると、画面には今朝契約を交わした顧客の名が表示されている。仕事を忘れようとしていた思考が、たちまち引き戻された。不備か不手際でもあったのだろうかと、不安を抱きながら「もしもし、佐々木です」と小声で応答する。

『あ、佐々木さん？　内藤です』

二時間ほど前に内藤家のダイニングキッチンで聞いた声が、新幹線の車内まで追いかけてきた。

「あ、内藤様、佐々木ですー。お世話になっておりますー」

声が、角の取れたものへと自ずと切り替わる。

通路を戻り、デッキに出たところで僕は声をいくぶん大きくした。

「先ほどはありがとうございました。お菓子までごちそうになってしまいまして」

筆記用具か何かの忘れ物でもあったのか、契約内容についての再確認か、それともクーリングオフの申し出かと、わずかな時間に考えを巡らせながら相手の言葉を待つ。

『いえいえ、何もおかまいしませんで。それでね、いま息子に電話で訊いてみたんですけど――』

クーリングオフだ。

内心で悲鳴を発しながら、「はい」と先を促す。

『「おもちゃのアポロ」ですって』

「はい？」

『駅前にあったおもちゃ屋さんの名前。さっき話してて、二人とも思い出せなかったでしょ？』

「ああ！」デッキに響いた声に、通りかかった客たちがぎょっとした顔をする。僕は背中を丸め、こそこそと通話を続けた。「そうでした。『おもちゃのアポロ』でした」

十四年の付き合いになる婦人が伝えたかったのは新たに結んだ三大疾病保険契約の解除などではなく、雑談の中で話題に上った玩具店の名だったらしい。体からどっと力が抜ける。

『息子が言うにはあのお店、五、六年前には閉店したみたいだけど。「そんなことで電話してくるな」って叱られちゃいました』

「そうでしたか。今はもう、昔からの個人商店はどこも厳しいみたいですしね」

人通りのめっきり減った故郷の目抜き通りと、シャッターを閉ざしたままの実家の佇まいが、往来の絶えぬ昼間の東京駅に淡く浮かんだ。

『ほんとにねえ。なんだか寂しい話ね』

駆け出しの頃からの顧客のため息を聞いてから、僕は礼を述べた。

「わざわざすみません、お知らせくださって」

『いーえー。それで、証書が送られてきたら、何もしないで金庫かどこかにしまっとけばいいんですよね？』

それが本題だったようだ。岩手県南部に位置する地方都市の光景を頭から追い出し、ファイナンシャル・プランニング技能士としての声を取り戻す。

「ええと、そうですね。必要な手続きはひととおり終わりましたので、まちがいがないか念のため保険証券のお名前などにざっと目を通していただいて、えー、あとは、大切に保管してくださったら、はい」

それで合ってるよな、と、頭の中で自分に念を押す。

内藤家のような新人時代からの営業先は特殊な例で、生命保険会社の支店長である僕が戸別訪問をする機会は限られている。自社の商品や契約手順についての知識は日々更新しているつもりだが、それでも支店の外交員たちのように即座に答えることはできなかった。

勉強不足と言ってしまえばそれまでだ。しかし、僕と同じ状況に置かれれば誰でも多少は頭の働きが鈍るものだろう。そう思いたい。

電話の向こうでメモを取る気配があり、それから相手は声に笑いを含ませた。

『どうもねえ、昔は用紙に名前とか住所をいちいち書いてたのが、今は画面をパッパッパッとタッチして終わりでしょ？　なんだか〝契約をした〟っていう手応えがなくて』

「よく言われます」

喉の奥で笑っていると、ホームから発車ベルと出発を知らせるアナウンスが聞こえてきた。

『あら、外だったのね。ごめんなさい、お取り込み中のところ』

「いえ、今は新幹線のデッキにいて、あとは発車を待つだけですから」

『ああ、出張？　お昼どきだし、悪いタイミングで電話しちゃいましたね』

「そんなそんな」

出張ではないのだが、わざわざ説明することもないだろう。

『悪いから切るわね。またよろしくお願いします』

「ええ、こちらこそよろしくお願いします」

『それじゃあ、どうもどうも。気をつけて行ってらっしゃい』

「ありがとうございます。失礼しますー」

相手が通話を切るのを待ってから、画面の〈終了〉ボタンを押す。

自動ドアを通ったところで、温かい食べ物の匂いに胃を刺激された。観光客らしい外国人が、加熱式のうな重弁当の蓋を外したところだった。内藤家から支店に戻るや否や挨拶もそこそこに

ＪＲに飛び乗ったので空腹を覚える暇もなかったが、落ち着いてくるとたんに食欲が湧いてきた。

同じ物を車内販売でも取り扱っているだろうかとワゴンの品揃えを頭に描きながら、荷物のある12列のＥ席に戻る。車輌のほぼ中央、やや進行方向寄りの席だ。

ビジネスバッグを荷物棚に載せ、シートに腰を下ろした頃には、列車はすでに動きだしていた。ネクタイをゆるめ、背もたれをわずかに傾ける。

上野駅への接近を告げる自動音声を聞き流し、僕はしばらくぼんやりと窓の外を眺めた。列車はすぐに地下に潜って上野駅に停車したが、ここでもとなりのＤ席にやってくる客はいない。

再び地上に出た列車は、高架の傍らを走る在来線の架線を横目に見ながらコンクリートと看板でできた街並みの中を進む。花曇りの下の景色は寒々しいが、建物の合間に桜が覗く瞬間だけは視界に色彩が戻り、冬が過ぎ去ったことを思い出させてくれる。

最高時速の半分にも満たぬのんびりとした走りぶりのせいか、それとも細かいカーブが揺りかごの効果をもたらすのか、しだいに瞼が重くなってきた。しかし頭が興奮しているらしく、目を閉じてみても眠気はやってこない。

荒川を渡ったあたりで、まだ妻に連絡を入れていなかったことを思い出した。まばたきを繰り返してから携帯電話に〈仕事滞りなく終わりました。やまびこ51号に乗車。一ノ関駅には３時10分に到着予定〉とメッセージを入力し、送信する。ほどなく、ウサギが敬礼するデザインのスタンプだけが返ってきた。やはり、あちらはあちらで立て込んでいるらしい。

眠るのはあと回しにし、そろそろ車内販売が来るのではないかと通路の様子をたびたび窺っているうちに、減速を始めた列車は大宮駅のホームに滑り込んだ。乗ってくる客の数は都心の上野駅と比べても遜色ないほど多く、通路を挟んだとなりの三人掛け席にも六つか七つくらいの女の子を連れた夫婦がやってきた。夫が荷物の運搬の担当で、妻が子供の引率の担当らしい。

うちと同じだなと、荷物棚にキャリーケースを載せるマウンテンパーカーの背中を眺めながら、僕は名も知らぬ家族連れに軽い親近感を抱いた。

窓際のA席に座った女の子は列車が走りだすと体全体を窓に向け、流れる景色を熱心に見つめだした。優人もああいった具合だったのだろうかと、息子の様子を想像してみる。物心がついてからはきのうが優人にとって初めての新幹線の旅となったのだが、妻の優美子は写真を撮り忘れたそうで、車中での息子の姿を知る手がかりはない。ただ、新幹線の図鑑が座右の書である五歳児との旅が妻にとってかなりの難事業であったことは、夕方に送られてきた〈到着。疲れた〉とだけ書かれたメッセージが何より物語っていた。

真顔のまま思い出し笑いをこらえていると、ようやくのことで車内販売がやってきた。呼び止めてはみたものの、女性の販売員が押してきたワゴンにうな重弁当はないようだ。勧められた牛タン弁当にはいまひとつ食指が動かず、あまり待たせては悪いと焦りつつ次善の策を考えていると、ワゴンの反対側から幼い声が聞こえてきた。

「ねーえー、アイスー」

「駅でごはん食べたばっかりでしょ」

娘を母親がたしなめているらしい。

販売員が微苦笑を浮かべ、三人掛け席の方に会釈してからこちらに目を戻す。

結局、無難な線でミックスサンドとホットコーヒーを注文することにした。小さな折りたたみテーブルに、サンドウィッチのパックとコーヒーのペーパーカップが置かれる。

会計が済むと、女の子の声に切迫感が滲んできた。

「ねーえー」

「だーめ」

「アイス食ーベーたーいー」

「すいません、アイス一つください」

根負けした父親が、販売員に声を掛けた。「もう」とこぼす母親の声が、娘の快哉にまぎれて聞こえる。

「バニラとりんご味がございますが」

「えっちゃん、バニラとりんごさんだって。どっちにする？」

「うーん……」

娘が、長考に入った。

このへんもうちと同じだなと、ワゴン越しのやりとりを聞きながら僕はにやついた。何事につけママは厳しく、何事につけパパは甘い。

やがてワゴンが去り、A席には冷たいりんごアイスと格闘する女の子が残された。

しげしげと観察して親を警戒させては気の毒なので、窓の外に目を向ける。都市部の雑多な街並みはいつの間にか背後に消え、土色の水田を宅地と工場とが侵食する北郊の風景が広がっていた。曇っているためか、秩父の山並みはほとんど見えない。

高速で車窓を流れる関東平野を眺めながらミックスサンドにかぶりつき、コーヒーを口に含む。お茶のほうがよかったかなと、妙に酸っぱく感じられるコーヒーのカップを見つめる。万人向けにブレンドされているはずのコーヒーの味をおかしく感じるのは、自覚している以上に心身が疲れている証拠だ。この四、五日の目まぐるしさを思えばそれも当然かと、栄養補給のつもりでミックスサンドを頰張る。

バサリ、という物音に、視線が通路の方へと引き寄せられた。家族連れの母親が、大判のガイドブックを取り落としたらしい。カラフルな表紙には〈会津・磐梯・福島〉の文字が躍っている。屈んで本を拾った母親は、すぐに観光情報のチェックに戻った。

桜の蕾も開かぬ時季の福島はまだ寒いはずだが、三人の様子を見れば楽しい旅になるのは確実だろう。

酸味の強いコーヒーを、ひと口飲む。

あの日の一ノ関のホームも寒かったなと、ふいに古い記憶が甦った。

幼稚園の年中の冬だから、三十三年前のことになる。

三十三年。

そんなにも長い時間が過ぎたのかと驚く一方で、当時の自分と同い年の息子がいるのだから妥当なところだろうとも思う。事実、旅行の記憶はひどく断片的で、正確な日時もわからない。

三年前の帰省の際にもその話題が出て、母は「一月の終わりか二月の初めだったかね」と振り返っていたが、詳しい日付は両親ともに覚えていない様子だった。いずれにしても、小さなスタジオを併設した写真店が三日か四日のまとまった休みを取れたのだから、成人の日が過ぎてからのことだろう。

毎日忙しくしていた両親がめずらしく東京旅行に連れて行ってくれたのは、母の胎内に二人目の子がいることがわかったかららしい。妹の誕生日から逆算すれば安定期に入っていたことはたしかだが、それでもよく真冬に泊まりがけの遠出をしたものだと思う。もしも妊娠中の優美子が「パパ、遠くに旅行に行かない?」などと言いだしていたら、僕は頷けたかどうか。いや、優人が生まれる前なら、僕の呼び名は「真人(まこと)」か。

生まれて初めての、そして僕の中でもっとも古い記憶である東京旅行で印象に残っているのは、どういうわけか目的地に到着する前のことが大半だ。轟音とともに猛スピードで一ノ関の駅を駆け抜ける速達列車と、寒さに震えながら「速いなー」と歓声を上げる父。それが、旅の始まりの光景だった。

僕が生まれ育った「佐々木写真店」は、一ノ関駅から歩いて五分とかからぬこぢんまりとした商店街の中にあった。家を出て角を曲がれば視線の先には脚の長い高架線があり、その上を走る新幹線は毎日目にするごく身近なものだった。緑色の尾を引いてまたたく間に一ノ関駅を通過する速達列車も、在来線にはない滑らかさでホームに進入し、出発してゆく各駅停車も、僕の原風景の一つと言っていい。ただ、乗ったこととなると五歳になるまで一度もなかった。

あの日、僕と父は自分たちが乗る列車が到着する二十分も三十分も前から新幹線のホームに立っていた。真冬の一関の寒さを思えば、奇行といってもいいかもしれない。あれは、通過列車を見たいと僕がねだったのだろうか。それとも、息子を喜ばせようと父が連れ出したのだろうか。高揚した「速いなー」の声を思い出すかぎりでは、どうも後者のような気がする。

食卓で「これうまいな」とせっかく料理を褒めても母に聞き逃されてしまうほど物静かな父が声を張るのは、スタジオで記念写真や証明写真を撮るときくらいのものだった。独特の抑揚をつけた「ハイー、行きまーす」の掛け声とカメラのシャッター音もまた、僕の原風景、あるいは〝原音声〟の一つと言えるだろう。そんな父がスタジオと変わらぬ張りのある声で「速いなー」と子供以上にはしゃいでいるのだから、五歳の僕は一緒になってはしゃぎつつも少しきまりの悪い思いをしていた。

柄にもなく浮かれた父を注意してくれるはずの母は、その場にはいなかった気がする。おなかの子のことを考えて、発車時刻の間際まで待合室にでもいたのだろう。

初めて乗った新幹線の中では、終始窓の外ばかり見ていた覚えがある。空は曇っていたような気がするが見通しはよく、家や畑や川が飛ぶような勢いで窓の外を横切るのが無性に楽しかったのだ。父と母がのちのちまで「あんなに集中力のある子だとは思わなかった」と語っていたくらいなのだから、よほど真剣に目を凝らしていたのだろう。

行きの新幹線で集中力を使い果たしてしまったのか、せっかく連れて行ってもらったテーマパークの記憶は薄い。覚えているのは首都圏の冬の空気の生温かさと人の多さ、そして、ここぞとばかりに愛用のカメラのシャッターを繰り返し切っていた父の姿だ。そんな父を「田舎者に見られるからやめて」と母が咎めていた記憶も、ぼんやりながらある。古希が見えてきた今でこそ多少のことには動じぬ貫禄が備わっているが、当時はまだ三十四歳。車内でも街中でもホテルでも夢中でシャッターを切る夫の姿に、母もずいぶんきまりの悪い思いをしたことだろう。

一方の父は四十歳。五歳児の目にはおじさんとしか映らなかったけれど、たまの旅行にはしゃぐ子供っぽさは、来年の五月には同い年になる今なら理解できる。幼い頃に見上げた四十路前後と、実際になってみた四十路前後とでは、成熟度に大きな開きがあるものだ。

東京では二泊したのだろうか。それとも三泊だっただろうか。わずか五歳の頃の出来事なのでよく覚えていない。帰りも新幹線を使ったはずなのに、帰路に至ってはまったく記憶にない。きっと、疲れきって座席で眠りこけていたのだろう。

いったいどこのホテルに泊まり、何を食べ、初日の到着後や最終日はどこでどう過ごしたのだろうと、手がかりもないまましばらく考えてみる。しかし、どうにも思い出しようがない。妹なら何か覚えているだろうかと間の抜けたことを考えかけて、当時の彼女はまだ母のおなかの中にいたことに気づいた。

探ったところで頭の中に残っているかもわからぬ記憶を探ることに飽き、飛ぶように流れる平野の景色を眺める。都内では満開だったソメイヨシノも利根川を渡る頃には一、二分咲きといった具合になり、数分のちには視界から桜色が消えてしまった。まるで、座ったまま季節を遡っているような気分だ。

田植え前のもの寂しい田園風景の中に住宅や大型店舗が増えてきたところで、車内に軽快なメロディが流れた。宇都宮駅への到着を知らせるアナウンスを耳にして、この列車がやまびこ号であることを思い出した。減速する列車の窓の外、街並みの向こうに残雪を頂いた日光の山々が見えてくる。いろは坂を上った先は、まだ冬が続いているのだろう。

列車が停止する寸前、ホームに制服姿の一団が見えた。二十人前後の、中学生かあるいは高校生か。学校はすでに春休みに入っているはずだから、学校行事ではなく部活動の遠征かもしれない。学生が新幹線で移動とは贅沢なものだなと考えかけて、自分も中学校の修学旅行で乗っていたことに気づいた。

五歳のときとはちがい、十五歳での東京行きのことはさすがによく覚えている。

暑いほどの陽気が続いた五月のことで、泊まったのは浅草のホテル。三人部屋で同室になったのは仲のいい菊池と三浦。この二人とは中日の自由行動でも同じ班で、クラスの女子たちと六人一組で原宿に行ったのだった。

時間と予算の許すかぎり店を見て回りたい女子たちと、服にもアクセサリーにも元々関心が希薄ですぐに飽きてしまった僕たち男子との間で、少々険悪な空気が生まれたこともよく覚えている。とはいえ屋台のクレープを食べたらなんとなく仲直りできてしまったのだから、十五歳当時は人としての造りがまだ簡単だったのだろう。

通過列車をやり過ごし、やまびこ51号は静かに動きだした。学生たちは一つか二つ後ろの車輛に乗ったようで、僕のいる車輌に賑わいは伝わってこない。

彼らよりもはるかに人数が多かった二十四年前の僕たちは、ずいぶん騒々しかったことだろう。行きも帰りも菊池や三浦と話したりつつき合ったりしているうちに目的地に着いてしまい、車窓の景色などまったく覚えていない。新幹線のことよりも友達の言葉や女子の不機嫌そうな表情のほうが印象に残っているのだから、僕も幼児期の狭い世界をとうに抜け出していたということか。

原宿での出来事は「買い物中の女子を急かしてはならない」「男女の別なく人は甘い物で機嫌が直る」ということを学んだ点で忘れがたいが、より鮮明に記憶に残っているのは、朝と夜に食事をとったホテルの大広間だ。

真っ白なテーブルクロスが掛けられた円卓と高い天井に並ぶシャンデリアは、岩手からやってきた中学生たちの目には夢に見た東京そのものと映った。朝食はブッフェスタイルの和食と洋食、夜はテーブルマナーの学習を兼ねてフランス料理が供されたのだが、そのどちらも給食とは比較にならない味と彩りだった。また、テーブルの間を行き交うウェイターやウェイトレスは誰もが颯爽としており、彼らに比べれば引率の教師たちは歩き方ひとつとっても垢抜けないように見えて、その後は威厳も迫力もずいぶん薄れた気がしたものだ。

ともあれ、あの白と金色の大広間の光景が、その後の僕の人生に影響を与えたのはまちがいない。漠然と「店を継ぐのかな」と考えていたそれまでの将来像が、二泊三日の間に「ぜったい東京で働く」に変わってしまったのだから。

もちろん、祖父が始めた店の三代目になってほしいという両親の期待は、子供ながらに感じてはいた。直接言われたことはなかったものの、「写真」の「真」の字が入った真人という名を思えば、親の本音はあえてたしかめるまでもなかった。

しかし、僕は東京のきらびやかさに魅せられてしまった。一関の小さな写真店の三代目としてシャッターボタンを握り、来る日も来る日も「ハイー、行きまーす」と唱えて暮らすのはつまらないと思うようになってしまった。

ではあのごく単純な憧れが幸せをもたらしたのかといえば、そのとおりだとも、そんなことはないとも断言するのはむずかしい。わかっているのは、大人になってからの日々は中学校生活ほど気楽なものではないということだけだ。

曇天の関東平野を北へと走ってきた新幹線は、宇都宮駅の先からはトンネルをくぐることが多くなってきた。

黒い内壁にたびたび視界を遮られているうちに、四半世紀ちかくも昔の出来事から現実に引き戻されてしまった。テーブルに目を戻し、なんとなく残していたミックスサンドの最後の一切れを口に運ぶ。

暖房が強いのか、革靴の中で足がふわっと膨らむような感覚があった。

靴を脱いでしまったら楽だろうなと思う四十手前の自分と、それをしてしまったらいよいよおじさんだとためらう三十代の自分が、頭のどこかで牽制し合っている。どちらも同い年だ。

こういったどっちつかずの気分というものは、いくつになっても繰り返されるものなのかもしれない。東京でカルチャーショックを受けた当時は「まだ中学生だし」と「もうすぐ高校生だから」とがせめぎ合っていたし、大学受験を控えた十八歳の頃も似たようなものだった。

大学に至っては、入学と同時に「やっと受験が終わったところなのに」と「就活どうしよう」とが入り混じり、モラトリアムの駘蕩などはキャンパスのどこにも漂っていなかった。就職予備校と化した不況下の学内を、僕はいつも何かに急かされるように歩き、三年生になると追い立てられるようにリクルートスーツに袖を通した。

――遅いよ。スパゲティ一皿で何分待たせせんだよ。

申し訳ございません。

――社員さんなんですよね？　こんな生焼けのハンバーグうちの子に食べさせて、おなか壊したらどう責任取るの？

申し訳ございません。本当にすみません。

――佐々木さあ、バイト三人分くらいの働きはお前が体張って埋めんだよ。俺らみんなそうやって這い上がってきたんだよ。気合いが足りねえんじゃねえの？

すみません。すみません。

――「すみません」じゃねえだろ！　「申し訳ございません」だろ！

申し訳ございません。申し訳ございません。申し訳ございません――。

「ひがしやまおんせん？」

申しわ……？

最初の就職先で浴びせられた罵声の数々は消え、聴覚に新幹線の走行音が戻ってきた。

瞼を開ける。目の前にあるのは、かつての上司の血色の悪い顔ではなく前席の背もたれ。

「そう。東山温泉」

右手から聞こえてくる父親と娘の会話を耳にして、ようやく状況がわかってきた。僕はうたた寝をしていたらしい。首に、寝汗とも冷や汗ともつかぬ汗が滲んでいる。

「どんなとこ？」

「お風呂から川が見えるんだって。ほら」

父親が示すガイドブックのページを覗き込んだ女の子が、「わあっ」と華やいだ声を発した。少々にぎやかな子だが、おかげでいつもの悪夢から早々に覚めることができた。

列車は、僕が寝ている間に白河の関を越えていたらしい。トンネルに視界を遮られることも減ってきたようだ。

すっかり冷めてしまったコーヒーを口に含み、あらためて窓の外を眺める。福島県内も曇ってはいるようだが、空は関東よりも高く明るい。

携帯電話をチェックする。とくに新しい連絡は入っていない。座席に備え付けの車内誌を取り出し、パラパラとめくり、また戻す。

少々落ち着かないのは、東京駅を発ってから一時間を大きく超え、座ったまま運ばれることに飽きてきたからだろう。

文庫本でも読もうかと思いかけたが、どうも読書をする気分ではないし、立ち上がって荷物棚の上のバッグを取るのも億劫だ。ならばと車内扉の上のディスプレイに流れる文字ニュースを読んでみたが、すぐにそれにも飽きてしまった。しかし寝ればまた悪夢を見てしまいそうで、目を閉じる気にもなれない。

　まったく、嫌な夢を見てしまった。もう十四年も昔のことだが、こうしてたびたびあの地獄の日々に引き戻される。ただ、今日は幸いにもうなされることはなかったようで、並びの家族連れの様子に変化はない。

　三人は間もなく到着する郡山駅で磐越西線(ばんえつさいせん)に乗り換えるようで、切れ切れに聞こえてくる夫婦の会話によると、一時間近い乗り継ぎ時間に土産物をすべて買って自宅に送ってしまう算段らしい。浮世の義理を果たしたら、あとは家族水入らずで温泉三昧といったところか。うらやましい。父親が荷物棚からキャリーケースを下ろしたところで、車内放送のメロディが流れはじめた。忘れ物はないか座席の周りをたしかめ、夫婦は娘を間に挟み一列になって進行方向のデッキへと歩いていった。

　福島県の天気が少し気になり、携帯電話で調べてみる。今日は夕方から晴れ。明日は晴れときどき曇りの予報だ。うらやましい。

　次に僕が一関に帰るのは、ゴールデンウィークになるだろう。手頃な宿が取れるようなら、家族を連れて花巻温泉あたりまで足を伸ばすのもいいかもしれない。

　楽しい空想で悪夢の残像を追い払っているうちに列車は郡山駅に到着し、となりのD席には薄手のダウンジャケットを着た女性がやってきた。手元の乗車券と窓枠の上部にある座席番号の表示を繰り返し見比べ、シートにちょこんと腰を掛けてから膝の前にキャリーケースを据える。ジャケットを脱ぐ様子はないので、こちらのガーメントバッグの位置をずらしてフックに掛ける場所を作る必要はないだろう。

停車中の新幹線の中、荷物に道を塞がれる前にトイレに行っておけばよかったなと考えていると、窓の外のせわしない動きに気づいた。五十前後の見知らぬ男女が、ホームからこちらに向かって盛んに手を振っている。窓を叩かんばかりの勢いだ。誰だ？

「ちょっと、やめてよ」

ごく小さい、しかし鋭い声で隣席の女性が窓の外の二人を睨み、僕の顔色を窺いながら追い払うように片手を払う。が、声は分厚い窓ガラスに阻まれ、ホームの二人はなおも手を振り続ける。

「もうっ」

女性が語気を強めた刹那、カツン、と細い指がコーヒーのカップに当たった。

「あ」

止める間もなくペーパーカップが倒れ、蓋の飲み口からコーヒーがこぼれた。

「ああっ、すいません！」

立ち上がろうとした女性はキャリーケースに膝をしたたか打ちつけ、弾かれるように座面に尻餅をついた。失態の連続に、見ているこちらまできまりが悪くなる。

「大丈夫ですよ」声がかすれてしまった。ずっと黙っていたせいだ。「たいして漏れてないですから」

テーブルにこぼれた量はわずかで、ミックスサンドに付いてきたウェットシートとポケットテイッシュで簡単に拭き取れそうだ。スーツやシャツにも飛び散ってはいない。

女性が低頭しながらダウンジャケットのポケットからハンカチを取り出したときには、テーブルはすっかりきれいになっていた。

「あの、すみませんでした、本当に」

使う当てを失ったハンカチを手にしたまま、女性が小さくなって頭を下げる。あらためて見てみると、ずいぶん若い。二十歳を一つか二つ出たくらいだろうか。

「ああ、いえいえ。ええと、ご家族ですか？」窓の外を指さして振り向くと、そこには男女の姿ではなく後ろに流れる郡山の街並みが見えた。「ありゃ。出ちゃったか」

「ええ、出ちゃいましたね」女性が愛想笑いを浮かべて頷き、それから説明した。「両親です、さっきの。わざわざホームまで見送りに来なくていいって言ったんですけど、しつこくて」

ばつの悪さをごまかすためか、だいぶ饒舌になっているようだ。

「そうでしたか。郡山には、帰省か何かで？」

「いえ、仙台で就職するんです」

「あ、そうでしたか。おめでとうございます」

頭を下げると、相手もお辞儀を返してきた。

「どうもありがとうございます。でも、自分でも先が思いやられて。門出の日にいきなり人のコーヒーこぼすし、膝ぶつけるし、尻餅つくしの猛打賞で」

渋い顔で発せられるぼやきに、僕はつい笑ってしまった。

「いや、その様子なら新生活にもすぐに馴染めると思いますよ」

「えっ、そうですか？」

相手の顔がぱっと輝く。ばつの悪さばかりでなく、親元を離れる心細さも彼女の口数を増やしているのだろう。

「ミスを内に溜め込まないでその場で笑い話にできるんですから、そういう陽性の人はどこでも重宝されますよ」

余計な先輩風を吹かせてしまったなと、言ったあとでこちらのほうがばつが悪くなってしまった。しかし、新卒らしい女性はスーツ姿の中年の話に感激してくれたらしい。

「なんか、ありがとうございます。やっていけそうな気がしてきました」

「それならよかったです。ところで、ご両親に連絡しなくて大丈夫ですか？」

「はい？」

「いえ、心配してるんじゃないかと思って。カップが倒れてバタバタしているうちに発車しましたから」

「あ、そうですね」

女性は携帯電話を取り出し、画面を操作しはじめた。

横合いから覗き込むわけにもいかず、反対側に目を向ける。窓の外には農閑期の平野が広がっているが、埼玉や栃木あたりとはちがって山が近く、山頂や谷筋には雪が多く残っている。源流からさほどの距離もないため、雪解け水を湛えた川は細く流れも速い。東北の初春の景色だ。

十六年前にも、僕はこの季節のこの景色を窓から眺めていた。あれは、今はもう走っていない二階建て新幹線だっただろうか。狭い階段を上り下りした記憶がなんとなく残っているが、確信はない。列車の進行方向は今とは正反対で、空模様も今日のような薄曇りではなく、朝から冷たい雨が降っていた。

となりの女性は「しつこくて」と嘆いていたが、僕の就職のときに見送りはなかった。家を出たのが日中で、店が営業中だったからだ。

その日、家族とどんな言葉を交わしたのかはもう覚えていない。大学生の頃も山形で一人暮らしをしていたので、住み慣れた故郷を旅立つという感慨もなければ、車内で一人感傷に浸ることもなかった。ただ、空の暗さと窓を横向きに流れる無数の雨粒にはだいぶげんなりさせられたが。

どこまで行っても降り続く雨は離職率の高さで知られるファミリーレストランチェーンでの日々を暗示しているようで、大手に就職できただけまだいいじゃないかと、いくら自分を励ましてみたところで気が晴れることはなかった。

事実、劣悪といっていい職場だった。中学生のときに憧れたウェイターのきらびやかな世界は、人件費の切り詰めと売上増という相反する目標が掲げられた勤務先には求めようもなかった。目の前の注文を捌くことに追われるあの店のキッチンやバックヤードを見て憧れを抱く中学生など、一人として現れないだろう。

昇進すれば楽になれるはずだと、すさまじい長時間労働にも客からの理不尽なクレームにも耐え続けたが、それも二年が限界だった。

――何が「店継いでやろうか」だ！　石の上にも三年っていうのに、たったの二年で会社辞めたお前に勤まると思ってんのか！

父の叱声（しっせい）が、耳の奥で聞こえた。あの声を思い出すと、四十路も迫った今もなお唇が震えてしまう。

よそう、昔の話だ。どうも今日は古い出来事ばかり思い出してしまう。きっと僕は、人生の中のそういう節目にいるのだろう。

あの職場の光景を目に浮かべたせいで、いよいよ気が滅入ってきてしまった。馬鹿馬鹿しい。とうに終わったことに縛られてどうする。僕も今は保険会社の社員じゃないか。三年どころか、この仕事は十四年も続いている。我ながらたいしたものじゃないか。

「あの」

横合いから発せられた声に、実家の食卓の張りつめた空気は霧散した。

「はい？」

「母からで、『娘がご迷惑をおかけしました。クリーニング代を弁償しますので、お手数ですがご連絡先をお知らせください』だそうです」

女性が、いくぶん硬い声で携帯電話に表示された文面を読み上げた。返信があったらしい。

「ああ、じゃあ、『服も手もまったく汚れていないので、それには及びません』と返信してあげてください」

「了解しました」

真面目くさった顔で頷き、せっせと入力する。何やら、配属されたばかりの新人を指導しているような気分になってきた。

すぐに返信が来たようだ。律儀な母の娘が口元をほころばせる。

「『せめて、コーヒー代だけでも』だそうです」

こちらの口元もほころぶ。

「陽性の人柄は、お母さんの遺伝かな?」

「どうでしょうか。ただ、ちょっと変わってる親なのはまちがいないです」

「いい親御さんじゃないですか」

「伝えておきますね」

すかさず僕の言葉を送信する。この明るさの持ち主なら、就職先でもまちがいなくうまくやっていけるだろう。

話しているうちに、列車はとなりの福島駅に到着した。このやまびこ号は白石蔵王駅を通過するので、次に停まるのは仙台駅だ。そこからは各駅に停車し、三つめが一ノ関。いよいよ近づいてきた。

短い停車時間ののちに、新幹線は静かに動きだした。水田と畑と果樹園が入り混じる、物成(ものなり)のよさそうな福島盆地の景色が右から左へと流れる。

ここからまたしばらくトンネルなんだよな、と思ったとたんに視界がコンクリートの内壁に遮られた。福島と宮城の県境に差し掛かったのだろう。最高時速あたりまで加速した列車が、大小のトンネルを次々とくぐる。

その中でもとりわけ長いトンネルを抜けたところで、窓枠の小テーブルが光を反射した。山の向こうに青空が見える。晴れてきたようだ。

「晴れましたね」と伝えようかと隣席を窺い、僕は口をつぐんだ。怯えとも決意とも受け取れる光を目に宿した女性が、窓の外の空をじっと見つめていたからだ。

名も知らぬ中年サラリーマンに太鼓判を捺されたところで、親元を離れての就職への不安が霧散するはずもないだろう。やがて女性は正面に向き直り、大きく一つ息を吐いた。こういうときに、中年が若者にできるのはただ一つ。邪魔をせずに黙っていることだ。

最後のトンネルを抜けてほどなく、仙台駅への接近を知らせる車内放送が始まった。それと呼応するように、列車が減速を始める。

左に右にとカーブを描きながら、新幹線が東北の首都とも称される街の中を進む。西日を浴びて光る広瀬川の上にも、春らしい淡い青空が広がっていた。

車内の通路に降車のための短い列ができ、列車がホームに入る直前になって、女性が颯爽と立ち上が――ろうとした。キャリーケースに膝を打ちつけ、座面に尻餅をつく。

黙っていようと思いはしたが、首まで紅潮した横顔を見て何も発しないのも不自然だ。

「……まあ、膝元も目に入らなくなるほどの志の高さは、しっかり伝わってきましたから」

「どうも、最初から最後までお騒がせしました」

額まで赤い。水をかけたら湯気が出るのではないか。

「お話ができて、初心をちょっと思い出しました。それじゃあ、ご活躍を」

「はい。ありがとうございます」

女性はしっかりと頷き、今度はキャリーケースを慎重にどけてから立ち上がった。最後にもう一度会釈をし、ケースを押しながらデッキへと歩いていく。

列車が停止し、しばらくは人の乗り降りが続く。しかし乗り降りといっても降りる客がほとんどで、乗ってくる客の数はさほど多くはない。

ひょっとしたら彼女の両親のようにホームから窓越しに挨拶してくれるかもしれないと思ってA席側の窓を窺ってみたが、女性の姿はなかった。人の流れにまぎれてしまったのだろう。わずか三十分少々の道連れにふさわしい、あっけない別れだ。これから実際に仕事が始まれば、僕の言葉など忘れてしまうかもしれない。ただ、彼女が窓越しに見上げた青空は、きっと十年後も二十年後も色褪せることはないだろう。

列車が出発しても、空いたD席に人が来る気配はない。閉じ気味にしていた脚を開き、右側の肘掛けに腕を乗せる。

降車客の分だけ軽くなった列車がホームの屋根の下から出たあたりで、後方から枯れた話し声が近づいてきた。還暦はとうに過ぎた、七十も超えているのではないかと思われる二人連れが、車内をキョロキョロと見回しながら僕のそばで立ち止まる。

「11の、えー、デーとイー。ん？　ここか？」

切符を手にした老いた男性が、僕の席を顎で示した。

「お父さんちがう。一つ手前」

後ろを歩いてきた眼鏡の女性が、男性の袖を引く。夫婦のようだ。

「なんだ、そっちが11か。切符も札も字が小さすぎるんだよ」

「はいはい。いいから二歩後ろに戻って」

二人ともやや声が大きいのは、どちらかの耳が遠いからららしい。鞄を荷物棚に載せるかどうかのやりとりがしばらく続き、それからふいに僕の背もたれに手が置かれた。

「ぃよいーしょっと」

夫が席に座ったらしい。米俵でも担ぐような胴間声だ。何やら今日は、いろいろな人が乗ってくる。

「ちょっとお父さん、静かに」

妻が声をひそめる。

「ああ、そんなに大きかったか」

耳が遠いのは、夫のほうらしい。

「大きかったわよ、周りに迷惑なくらい」

「で、北上(きたかみ)まで何分だっけ？」

小言が聞こえなかったのか、聞こえないふりをしたのか。

「切符に到着時間書いてあるでしょ」

「読めないんだよ」

「はいはい。貸して。えー」長い間が空く。老いた妻の声が、腕を伸ばして携帯電話の文字を読む僕の母の姿と重なる。「十五時三十三分だから、だいたい一時間ね」

「そうか。長くないか？　いつもそんなもんか？」

「いつもそんなもんでしょ」

「長いなあ」

うるさいなあ。

夫の声に被せるように、心の中でうなり声を発する。

声の大きな人間は苦手だ。昔ほど深刻ではないが、大声に晒されると今でも動悸がしてしまう。そんなことになってしまったのは、まちがいなく最初の就職先が原因だ。自らにも人にも厳しい店長や、些細なミスに付け込んで従業員を恫喝する客に罵倒され続け、わずか二年で僕は退職願を提出した。店長やエリアマネジャーはそれまでとは一転し、猫撫で声を発して僕を慰留したが、もうフロアに立つ気力など残ってはいなかった。

初めての挫折らしい挫折に打ちひしがれ、取る物も取りあえず新幹線に飛び乗った僕は、早春の一関のひんやりとした空気を吸ったとたんに緊張を保てなくなった。ホームのベンチに座り、しばらくは泣くことしかできずにいた。

そうだ、ちょうど今頃の季節のことだった。もう東京には戻ってこないかもしれないと思いながらアパートのガスの元栓を締めたことと、知り合いに見られたりはしないかとうろたえながらも涙を止められなかった一ノ関駅での出来事はよく覚えているけれど、新幹線の車中でどう過ごしていたのかはまったく記憶にない。あるいは、疲れ果てて眠っていたのかもしれない。

　まだ桜も咲かぬ時季ではあったけれど、一関の空気は僕には初夏のようにあたたかく感じられた。地元に残った菊池と三浦は「そんな会社、辞めてよかったよ」といたわってくれたし、父も退職の経緯を問い質したりはせず、母の料理は元の勤務先のどのメニューよりもおいしかった。大学入試に合格し、長い春休みを謳歌していた妹も、「ゆっくりしてけば？」と——。

「なあ、お母さん」

　後ろの席の夫の声に、母が作るカレーが目の前から消えた。また昔を思い出していたか。やはり今日は、大事な節目なのだ。

「なんですか。寝ようと思ってたのに」

「本当にこの席でいいのか？　ここ、たしかに6号車か？」

「たしかに6号車です。あそこに〈6〉って書いてあるでしょ」

「どこだよ」

「ほらあの、電光掲示板の横の壁」

「見えないんだよ」

「じゃあ、あそこまで行って見てきたら？」

　騒がしいが妙にリズミカルなやりとりを聞きながら、僕はカップに残ったコーヒーを飲み干した。

「まあ、いいよ。そこまでしなくても」

悪い人物ではないのだろうが、このにぎやかな声はどうにかならないものか。似た年恰好ではあるけれど、僕の父とは正反対の人らしい。郡山で降りた小さな女の子のほうが、この人物よりはよほど落ち着いていたように思える。

「お母さん、昼に食べた親子丼、あれちょっと多すぎたな。腹がまだもたれてるよ」

まだ続いてるよ。

ファミレスの騒々しいシニア客を連想させる声に煩わされるくらいなら、十四年前の雌伏の日々を思い返しているほうがまだましだ。

エアポケットのようなあの時間は、どれほど続いたのだろう。二週間か、三週間か。

在職中は使う時間もろくになかったので、手元にはそれなりの蓄えがあった。僕は地元で就職活動をするでもなく、契約したままの都内のアパートに戻るでもなく、たまに店を手伝ったりしながら実家でのんびりと過ごしていた。残業も夜勤も、エリアマネジャーの巡回もない毎日は、信じがたいほど静かでおだやかだった。

その頃にはすでに携帯電話やデジタルカメラも普及していて、佐々木写真店から往時の賑わいは消えていた。それでもまだ商売として恰好がつく程度の売り上げはあり、ゆとりのある忙しさの中での接客は、僕には新鮮で楽しかった。来店客とののんびりした雑談や椅子に座っての店番など、一挙手一投足がマニュアルで規定されたファミレスではあり得ない勤務内容は、東京で痛めつけられた僕を多少なりとも癒してくれた。

ただ、客の多くが顔見知りという気安さと、何か問題が起きたところで詰め腹を切らされることなく父か母に丸投げできてしまえる気楽さに、僕はいつしか寄りかかってしまっていたのだろう。

それは、些細な言葉がきっかけだった。

家族三人で夕飯を囲んでいるときのことだ。妹は不在だった。友達か誰かと遊びに行っていたのだったか。

「なんだったら、このまま店、継いでやろうか？」

コロッケか何かを食べながら僕がそう言ったとたん、父が箸を食卓に叩きつけた。椀が倒れ、味噌汁が飛び散った。

「何が『店継いでやろうか』だ！　石の上にも三年っていうのに、たったの二年で会社辞めたお前に勤まると思ってんのか！」

先に、驚きが走った。父が声を荒らげるところなど、ほとんど見たことがなかったからだ。怒りは遅れて湧いてきた。

元の勤務先の実態も知らず、頭ごなしに息子の決断を責める頑迷ぶりに腹を立て、僕は僕で声を荒らげた。しかし父の言葉とはちがい、僕自身の言葉は今ではもうよく覚えていない。「俺がどれだけ耐えてきたか知らないくせに」とか、「親父は何もわかってない」とか、大方つまらぬ台詞を吐いたのだろう。

引き止める母の手を振りほどき、僕は荷物をまとめると東京行きの最終列車に飛び乗った。そして夜半過ぎにアパートに戻ると、翌朝からさっそく転職活動を始めた。

志望する業界も何もなかった。選り好みはできない時代だったし、小さな写真店の店主よりも稼げるようになって父を見返すことしか考えていなかった。

求人サイトで目に留まった企業に次々と履歴書や職務経歴書を送り、大学時代の友人の伝手を頼れないか打診し、合同企業説明会はもちろん、一部上場の大企業から町工場のような家庭的な企業にまで足を運んだ結果、中堅の生命保険会社が「採用」の電話を掛けてきた。

いったい畑ちがいの応募者の何を見込みありと判断したのか、今に至るもさっぱりわからない。あるいは、体から発散される父への反抗心が採用担当者には「熱意」と受け取られたのかもしれない。ともあれ僕は仕事にありつき、最初に配属された支店で一つ年下の〝先輩〟に色々と相談に乗ってもらいながら、慣れない業界での漕ぎ出しに夢中で取り組んだ。

実家には、何年帰らなかったのだろう。仕事が忙しかったこともあるが、喧嘩別れをしてしまったせいで敷居が高く感じられ、顔を出す気にはなかなかなれなかった。母とはメールや電話で徐々にやりとりするようになったものの、父とは、二年か三年はひと言も言葉を交わさなかったのではないか。

「ごめん」とだけ告げればすべてが元に戻る予感はあった。しかし、傷口に塩を塗り込むような父の怒声を思い出すと、「先に謝ってやるものか」という幼稚な敵愾心がこみ上げてくるのを抑えられなかった。

つくづく、愚かな息子だ。冗談めかして口にした「継いでやろうか」はただ尊大なだけでなく、収入の不安定な自営業を選ぶ決意も、祖父の代から掲げてきた看板を守る覚悟も込められていない軽薄な言葉だった。経済基盤の弱い地方都市で写真店を営みながら子供二人を大学まで進学させた父は、僕の言葉の裏に潜む甘えを聞き逃さなかったのだろう。

敵愾心が一気に解けてしまったのが、〝先輩〟の優美子を連れて一関に帰省した二十九歳の夏のことだった。数年ぶりに対面した父と母は僕の目に「おじいさん」「おばあさん」としか映らず、優美子を紹介されて無邪気に喜ぶ姿に意地を張る気も失せてしまったのだった。

翌年の秋には父と母に新幹線の切符を郵送し、二十四年ぶりの上京をしてもらった。結婚式に出席してもらうためだ。

「おお、真人」

細いピンクのラインを巻いた白と紺のツートンカラーの列車から降りてきた父の、東京駅での第一声がそれだった。例によって控えめだが、うれしそうな声だった。

右手に古びた旅行鞄。左手には、新たにあつらえた礼服を収めた紳士服チェーンのスーツカバー。僕のガーメントバッグと比べるとだいぶ耐久性が劣りそうな代物だったが、三日後に一関に帰るまで無事持ち堪えたらしい。

そして細い首からは、当時最新式のカメラが提げられていた。絵に描いたような「息子の結婚式にはりきってやって来た田舎のお父さん」の姿がおかしくて、僕は母や優美子と一緒に苦笑しながらも、楽しい式の予感に胸を躍らせていた。

父と母の滞在中、できることならはるか昔の家族旅行の足跡をたどってみたいところだったが、結婚式前後の新郎に余暇を過ごす時間はなく、新幹線とホテルの手配以外はすべて妹にまかせきりになってしまった。ただ、二人とも久しぶりの東京観光を楽しんでくれたらしい。

それからは、仲違いをしていた時期を埋めるかのように行き来が頻繁になった。

「タクミの所に行くの、いつ以来だ？」

「前がたしかお正月過ぎだったから、二ヵ月ぶりね」

頻繁とはいっても、東京と一関ではさすがに距離があるので、後ろの席の老夫婦ほどではないが。

「おい、ワカナの写真」

大きな声だ。

「また？　お父さんの携帯にも同じの入ってるでしょ」

「入ってるけど、操作まちがえて消しちゃったらどうするんだよ」

「私が保護掛けたし、万が一消えたらまた転送してあげるわよ」

「いいから見せてくれよ。ちゃんと老眼鏡掛けるから」

ファスナーが開けられる音がした。老眼鏡は鞄に入っているらしい。

「はい、どうぞ」

妻の声に続いて、夫のとろけそうな声が聞こえてきた。

「かぁーわいいなぁ」

「ほんとねえ。何度見てもかわいいわねえ」

妻の声もとろけそうになる。

「やっぱり、ワカナは俺に似てるな」

「まさか。どう見たってママ似でしょ。女の子がこんな壺の底の梅干しみたいなジジイに似ちゃったら悲劇じゃない」

あやうく笑い声を漏らしそうになってしまった。どうやら、ワカナというのは孫娘の名らしい。

「ワカナ、じいちゃん見て泣かないかな？」

自覚があるのか、壺の底の梅干しは反論することなく妻に尋ねた。

「目が開いたとしても、生後二十日じゃまだよく見えませんよ」

「そうか。早く抱っこしたいな。北上、まだ着かないのか」

「まーだ。もう、はしゃいじゃって」

「それはお前、この歳で初孫ができたんだもん。少しぐらいはしゃいだっていいだろう」

「気持ちは私も同じだけど、さっきからお父さんのはしゃぎようは『少し』どころじゃないですよ。うるさくするんなら携帯取り上げます」

「わかったよ、もう」

やっと静かになってくれた。

息子の優人が生まれたとき、父と母も東京行きの新幹線の中でこんなやりとりをしたのだろうか。程度の差こそあれ、きっとしていたにちがいない。優人を順番に抱っこしたときの、二人のあのえびす顔は忘れようもない。

父は六十八で脳梗塞を患い、それを機に佐々木写真店を畳んだ。左手に麻痺は残ったものの、幸いにも日常生活に大きな支障は生じなかった。ただ、優人の誕生はそのわずか半年前だったので、発症のタイミングがずれていれば初孫を両手で抱くことはできなかっただろう。

父の最後の上京に親孝行ができたのは、幸いだったと思う。優人の二歳の誕生日を実家で祝うこともできたのだから、喧嘩別れをして飛び出した夜を思えばハッピーエンドといってもいいのではないだろうか。謝る機会を作れなかった悔いは、父を喪ってますます大きくなってしまったけれど。

陽射しが低くなってきた。東北の初春の陽光が、強化ガラス越しに左の頰を火照らせる。

内ポケットで、携帯電話が震えた。妻からのメッセージだ。

〈優人と二人で新幹線のホームに来ました。何号車か教えて〉

通夜の準備でみんな忙しいだろうに、どうしてホームまで迎えに来ることになったのだろう。

優人が新幹線を見たいと言いだしたのだろうか。

〈6号車。ばあばのことはほっといていいの？〉

答えたついでに尋ねると、返信はすぐに来た。

〈ばあばの勧めです。アキちゃんも古川のおばさんもばあばのそばにいるから大丈夫だって〉

ゆうべは日が暮れてから到着した優美子と優人にチャーハンを振る舞ったという話だし、電話の受け答えもしっかりしていた。それに、妹と叔母がついているのなら母の心配はいらないだろう。

およそ十分刻みで古川駅、くりこま高原駅と細かく停車してきたやまびこ号が、一ノ関駅に近づいてゆく。先週末も、病院に見舞いに向かう際に僕はこの景色を眺めていた。いや、「眺める」というほど自覚的に見てはいなかったか。父が再び倒れたとの報せに深い思考力を奪われ、半ば呆然としながらただ窓の外に目を向けていただけだ。しかし父が苦痛から解放された今は、そのときと比べればずっと落ち着いている。昔のことをたっぷり振り返る余裕すらあるくらいだ。

窓の外の馴染んだ景色を眺めるのもそこそこに、車内放送のメロディが鳴ると僕は早々に座席のリクライニングを戻した。ビジネスバッグのストラップを襷掛けにし、食事で出た屑物を手に通路に向かいかけてから、窓のそばのフックにガーメントバッグを掛けていたことを思い出す。葬儀のために帰ってきた長男が喪服を忘れたとなったら、父も心配であの世に行くに行けないだろう。

バッグを手に取った拍子に、それとなく後席の客を窺ってみる。なるほど、「壺の底の梅干し」とはうまい喩えだ。

スーツの男に微笑みかけられて不思議そうな表情を浮かべるワカナちゃんの祖父に目礼し、僕は通路を進行方向へと進んだ。

人の少ないデッキは、東京駅で出発を待っていたときよりも寒く感じられた。仙台から頻繁に開け閉めされてきたからか、それとも外の気温のせいか。首筋を震わせながら、サンドウィッチの容器や思いがけぬ会話のきっかけになったコーヒーカップを屑物入れに収める。

停止する寸前、ドアの窓の向こうを妻と息子の姿が横切った。6号車の後ろ寄りの乗車位置で待っていたらしいが、車内のこちらに気づいた様子はない。

列車が完全に停まり、勿体をつけるような間のあとでドアが開く。

ひんやりとした空気の漂うホームに降りたところで、僕はあることに気づいた。

旅行中の家族連れや、新生活に踏み出す若い女性や、初孫との対面に向かう老夫婦を「何やら今日は、いろいろな人が乗ってくる」と観察者のような目で見ていたけれど、父の通夜のために故郷に戻ってきた僕も、まぎれもなくその「いろいろな人」の一人なのだ。

幼い日にこの駅で見た速達列車の残像が、頭のどこかを駆け抜ける。

外から見ればほんの数秒で走り去ってしまう新幹線は、毎日たくさんの「いろいろな人」を乗せ、その一人ひとりが抱える様々な事情や期待や希望や後悔や失意をも余さず乗せ、この列島を何十年も走り続けてきた。それが僕には何か、新幹線計画の立案者の意図も設計者の予測も超えた、血流や呼吸のような生理的な営みのように思える。

西日の射し込む明るいホームで立ち止まり、早春の故郷の大気を胸に吸い込む。

二十五メートルちかく後方に向け、僕は手を振ってみせた。見当ちがいのドアの様子を窺っていた優美子と優人が、ようやくのことでこちらに気づく。

一直線に駆けてくるはずの優人が、父親の姿を見つけても走りだそうとしない。タックルのような飛びつきに身構えていた僕は、拍子抜けしたまま妻子のそばに歩み寄った。きのうの朝以来の再会となった我が息子は、何やら苦虫を嚙み潰したような顔をしている。

「おつかれさま」

午前中に契約を一件済ませてきた僕を、妻がねぎらってくれた。

「やっぱり寒いな、こっちは」ガーメントバッグを左手に持ち替え、優人の頭を撫でる。「ばあばんち泊まるの、ストレスだったかな」

顎でさして尋ねると、優美子は首を横に振った。

「ゆうべはお行儀よくしてたんだけど、ほら、今日は朝から何人も出たり入ったりで、どうも人疲れしちゃったみたいで」

「ああ、なるほど」

頷いた拍子に、妻が提げている大きなビニール袋が目に留まった。〈佐々木写真店〉のロゴが打たれた、かつて店で買い物客に渡していた物だ。

「あ、これね。今朝アキちゃんに渡されたの。お義父さんの通帳を探してたら、お店の倉庫の奥から出てきたんだって」そう言い、ビニール袋からレコードジャケット大の分厚いアルバムを取り出す。「アキちゃんバージョンも〝発掘〟したらしいよ。『すさまじくマメな男だねえ』って笑ってた」

僕が乗ってきたやまびこ51号の向こうに敷かれた通過線を、速達列車がうなりを上げて駆け抜けた。三十三年前の、旅の始まりに耳にした音だ。父との別れという節目にあって、この騒音さえもかけがえのないもののように響く。

アルバムに目を戻す。表紙にサインペンで書かれた〈真人 旅行関係 1〉の文字を見れば、作成者は言われなくともわかる。この角ばった実直そうな文字は、父のものだ。

ガーメントバッグを妻に渡し、ページを開く。そこには、今はもう引退した新幹線の車内で窓にかじりつく僕の写真があった。となりの席には、今の僕よりも若い母。五歳のときの東京旅行だ。同じページには、団子鼻の先頭車の傍らで直立不動の姿勢をとる僕がいた。

古びた台紙をめくる。在来線の列車の傍らで、やはり直立不動の姿勢をとる僕。その次のコマは、同じ場所で遠慮がちにVサインをする僕。どこかのレストランでお子様ランチをつついている僕。上野動物園のパンダ舎のそばで直立不動の姿勢をとる僕。走る僕。泣く僕。笑う僕。ホテルのベッドで大の字になっている僕――。

そこから先は、ページをめくれなかった。アルバムを妻の胸に押しつける。

どうやら新幹線は、父の高揚もしっかり乗せていたらしい。

重いアルバムをどうにか持ち直しながら、優美子が微笑む。

「昔のパパ、びっくりするくらい優人そっくりだよね」

「優人が俺にそっくりなんだよ」

「そっか。まあ、優人のほうが男前だけどねー」親馬鹿ぶりを垣間見せ、妻が続けた。「アルバム、アキちゃんが言うには『旅行関係』だけで兄妹三冊ずつあるらしくて、『学校』とか『日常』なんて、それはもうおそろしいほどの量があるって話だよ」

「そうか。俺、親父に愛されてたんだなあ」

おどけて発した言葉が、細かく震えてしまった。

優人が、心配そうに僕の顔を見上げる。

「パパ、寒いの？」

目尻をぬぐってから、僕は息子を抱き寄せた。

「どうだろう。こんなにあったかい日もないいんじゃないかな」

「寒いよ」

こちらを見上げた五歳児の、即物的な返答に苦笑する。

「そうだな。風邪ひく前にばあばんちに戻ろう」

「うん」

アルバムを抱えた妻の手から、ガーメントバッグを引き取る。

あたりに人の目がないのをたしかめてから、僕はホームに声を響かせた。

「ハイー、行きまーす！」

タイガースはとっても強いんだ

勝ってもらわなければ困るのだ。

梅雨の晴れ間の抜けるような青空。緑が眩しい外野の天然芝。1点を争う好ゲーム。でも負けました。それでは困るのだ。

今日勝てば、阪神タイガースは開幕カード終了時以来の二位浮上。このところ負けが込んでいる広島を抜くだけでなく、首位を走る巨人の背中もうっすら見えてくる。ただ、今日はそれだけじゃない。チームだけでなくスタンドでただ試合を見守るしかないおれにとっても、今後を占う重要な一戦なのだ。だから、勝ってもらわなければ困るのだ。

いつの間にか確立していた自分なりのルーティンに従ってタイガースのレプリカユニフォームに袖を通し、右足から靴を履き、ショルダーバッグを背中に回して、それからダイニングキッチンに声を掛ける。

「じゃあ、行ってきまーす」

「はーい」母親の、のんびりした声が返ってきた。「今日は一人観戦やったっけー」

「あー……、会社の同期とー」

こういう〝ザ・サラリーマン〟風の呼び方は、社会人二年目のおれにはまだなんとなく口はばったい。

「なんや、具体名出てこんのもめずらしいな。もしかして『同期』って、努(つとむ)の彼女ー？」

あんたにはおらんやろと、高をくくっているのが声色に滲んでいる。

「ほっとけ」

捨て台詞を残して浜野(はまの)家の玄関を出ると、おれはルーティンに従って軽くベルを鳴らしてから自転車に跨った。

夏至を過ぎたばかりのやる気に満ちた太陽が、頭の真上からのしかかってくる。こんなこともあろうかと銀傘の下の内野指定席を買っておいて正解だった。中井(なかい)さん、紫外線を避けて歩く人だしな。そばかすができやすい体質だって言ってたしな。

同期の気になる女性社員のことをつらつら考えながら、地元の駅を目指して自転車を走らせる。ペダルの回転が、毎朝の通勤よりも自ずと速くなる。急いでいるわけではない。恥ずかしいからだ。

Tシャツの上に羽織ったレプリカユニフォームが、風に煽られてパタパタと音を立てる。おれのタイガース愛を知っている地元の友達ならともかく、挨拶程度の関係の人には極力見られたくない姿だ。

試合開催日の阪神電車の中であれば関西の風物詩の一つとして受容される縦縞のユニフォームも、住民の高齢化が進む北摂(ほくせつ)のニュータウンではきっちりと違和感を醸し出す。〈Tigers〉のロゴなどにあしらわれたチームカラーの黄色と黒の取り合わせが、静かな日常の光景の中で悪目立ちするのだ。さすが、警告色と言われるだけのことはある。

せめて梅田で阪神に乗り換えてから羽織ればいいものを、とはおれだって思う。それで勝てるのならば、おれだってもちろんそうする。そう、勝てるのならば。

北大阪急行桃山台駅の駐輪場に自転車を停め、改札を通ってホームに出る。土曜日の正午過ぎなので、幸いにも人はそれほど多くない。見知った顔もない。しかし、暑い。この駅は屋根の一部が採光用に半透明になっている上に左右から国道の高架線に挟まれていて、六月ともなると熱がこもるのだ。

今度の電車は十二時二十分発。大阪の中心部を目指してほぼ真南に走る電車は、途中の江坂から地下鉄御堂筋線に乗り入れる。その先の梅田で阪神電車に乗り換えて、特急で西へ走ること十分少々。急行でも十五分ちょっと。乗り換え途中の小休憩の時間を計算に入れても、午後一時ちょい過ぎには甲子園駅に着けるはずだ。

待ち合わせ場所に決めた球場そばの広場までは、駅から歩いて三、四分。試合開始時刻の二時はもちろん、約束の時間の一時三十分にもたっぷりと余裕がある。余裕はあるけれど、電車には早く来てもらいたい。なにしろ暑い。エアコンの効いた待合室もあるにはあるが、中は人でいっぱいだ。

ユニフォームを脱ぎたいのをじっと我慢していると、ステンレスの車体に赤い帯を巻いた電車がホームに駆け込んできた。巻き上げられた空気が、自転車漕ぎで汗ばんだ体に心地いい。

ドアが開くのを待ち、ルーティンに従って右足から電車に乗り込む。座席にはいくらか空きがあったけれど、おれはあえて座らずドアの脇に立った。

いや、ユニフォームを羽織った入れ込みすぎの阪神ファンがとなりに座ってきたら怖いだろうなーと、周りの客に配慮したわけではない。球場に向かう電車の中で座らないのも、おれのルーティンの一つなのだ。靴を履く順番、家の前で自転車のベルを鳴らすこと、電車内での位置取り、すべてはチームの勝利のためにある。

体のそばでドアが閉まり、なかもず行きの電車がなめらかに動きだした。並走する国道が坂を下り、視界が開ける。「タタン、タタン」と車輪がレールの継ぎ目を踏む音を聞くともなしに聞きながら、おれは進行方向の右手、はるか先に甲子園が控える西側の景色を眺め続けた。これもまた、ルーティンの一つだ。反対の京都側を向いて淀川を渡るとタイガースが負けてしまう。

こんなしちめんどくさい験かつぎをするようになったのも、阪神が不甲斐ないせいだ。生まれて初めて甲子園に行ったのが十二歳の夏の終わりだから、観戦歴ももう十二年になる。その間、Aクラス入りは八度果たしているものの、リーグ優勝は一度もなし。あとはだいたい四位か五位あたりをうろついている。当然、現地観戦も勝ったり負けたりの繰り返しで、五割ちかい確率でくやしい思いをさせられる。

野球にかぎらず、スポーツチームのファンというのは無力なものだ。声のかぎり応援することはできても、勝負に直接関わることはできない。声援や拍手のほかにできることといえば、バッターがチャンスで打ってくれて、ピッチャーがピンチをしのいでくれるのを祈るくらいのものだ。

ましてや我らが阪神タイガース。チャンスで打てず、ピンチで打たれる。

そんな悲喜こもごもの観戦歴を重ねるうちに、おれはある傾向に気づいた。チームの勝敗と、自宅を出てからの己の振る舞いにはある種の連関がある——ような気がする——のだ。

一、地元の友達と一緒に桃山台からレプリカユニフォームを着て行ったら勝った。
一、梅田駅のジューススタンドでミックスジュースを飲んでから阪神電車に乗ったら勝った。
一、御堂筋線は上流側、阪神電車は下流側とどちらも淀川を渡るが、いずれも川下の方向を向いた状態で乗車したら勝った。
一、時間に余裕をもって球場に到着したら勝った。

こういった成功体験が積み重ねられる一方で、

一、試合観戦中にはっと思い出してユニフォームを着たとたんにマートンの怠慢プレーが出て、それをきっかけに試合が壊れた。
一、梅田で降りず、その先の心斎橋まで寄り道してから甲子園に向かったら、菅野（すがの）に完封負けを食らった。
一、淀川の上流方向を向いて電車に乗ったら、ベンチの継投策がことごとく裏目に出て高橋周平に逆転満塁ホームランを食らった。

一、試合開始時刻後に甲子園に到着したら、広島打線に2ケタ得点を食らった。

という哀しい学びも同時に積み重ねていった。

この法則性に気づいたおれは、以後ルーティンの奴隷と化してしまった。

もちろん、こんな験かつぎが非科学的な思い込みであることは重々承知している。本格的な野球経験のない食品メーカー勤務の二十四歳男性がルーティンを守ろうが破ろうが、チームは勝つときは勝つし負けるときは負けるのだ。とはいえ、自ら進んでルーティンを破る気にはなれない。それでみすみす負けたりしたら、大きな悔いが残るではないか。

それに、無視できないデータも存在する。

この十二年間の阪神の勝率はトータルで5割1分と7、8厘。対して、おれが甲子園で観戦した試合の勝率は5割8分3厘。この差は単なる偶然だろうか？　偶然な気もするが、ここはあえて「否」と言いたい。思えば世の中には「バタフライ・エフェクト」という言葉もあるではないか。おれのルーティンは阪神タイガースの勝利に、おれもなんだかよくわからない形で寄与しているのだ。たとえばおれが阪神電車の改札手前のスタンドでミックスジュースを飲むことによって、風が吹けば桶屋が儲かる式に球場の風向きや選手の体調に何かしらの好影響が生まれるのだ、きっと。

国道を左右に従えて高架を走ってきた電車が、減速を始めた。床下のモーターの音が徐々に低くなり、やがて緑地公園駅に到着する。梅田まではあと六駅。途中の新大阪では新幹線からの乗り換え客がどっと乗ってくるが、流れに押されて上流側を向くことがないように気をつけねば。まったく、手のかかる球団を好きになってしまったものだ。

巡り合わせというのは不思議なもので、十二年前の夏の夜に見たあの試合が凡戦だったら、おれもここまでタイガースにハマることはなかったにちがいない。生まれて初めて訪れた甲子園の光景は、「球技といえばサッカー」という国で育ったおれにとってはすべてが衝撃的だった。

再び走りだした電車の窓に、東欧の澄んだ夏空が映った気がした。

まばたきしているうちに、反対方面行きの電車に視界を遮られる。銀色の対向列車が走り抜けると、空はもう湿気の多い大阪の梅雨の晴れ間に戻っていた。

こんな関西人の煮しめのようなユニフォームこそ着ているが、おれは帰国子女だ。父親が自動車部品メーカーに勤めていて、その関係で四歳から十二歳の初夏までをポーランドで過ごした。

幼年期から少年期という大事な時間を送ったのだから、ポーランドはおれの第二の故郷と言えるだろう。それどころか、関空に降り立った日からしばらくは、「帰国」というよりも「来日」に近い気分でいた。

ワルシャワ郊外の自宅では日本語で会話をし、現地の日本人学校に通ってはいたものの、道行く人々は体の大きなポーランド人、バスやマーケットで話すのはポーランド語、テレビを点ければ映るのはポーランド語の放送で、口に入れる物の半分ちかくをライ麦パンやジャガイモ料理が占めるという生活を送ってきたおれにとっては、大阪の街はいちいちすべてがもの珍しくて新鮮だった。

いたる所にあってシャッターの閉まることのないコンビニエンスストアにも、梅田の地下街の迷宮ぶりと人の多さにも、電飾と立体看板に埋め尽くされた道頓堀の猥雑さにも、それぞれ驚かされた。しかしとりわけ心を鷲掴みにされたのが、「アウト三つで攻守交替」程度のルールしか知らぬまま両親に連れて行かれた、阪神甲子園球場の光景だった。

日本の夏の厳しい暑さもいくらかやわらいできた、九月のナイターだった。

半欧州人の目から見ればずいぶん奇妙な形のフィールド。それを取り囲む巨大なスタンドと、およそ四万七千の大観衆。女声の場内アナウンス。「おとなしい日本人」の先入観を覆す、外野応援団の大合唱。焼鳥。やきそば。ビールの匂い。夜空に放物線を描く白球の美しさ。七回の攻撃前に放たれるジェット風船の密度と甲高い音色。そして、タイガース打線の大爆発。

十二の夏の終わりにそんな体験をしてしまったら、阪神ファンにならないほうがどうかしてるというものだ。

すぐさまファンクラブに入会したおれは、秋が終わるや春を待ちわびるようになり、選手名鑑は毎年欠かさず買い、シーズンが始まれば親や友達を誘っては甲子園に繰り出した。時間と小遣いの制約がある中学高校の頃は、年にせいぜい三度か四度。大学生になるとそれが五度六度に増え、やがて一人観戦の気楽さを知ってしまってからは、十五度十六度に増えていった。

そして今日。人と連れ立っての観戦は今シーズン二度目なのだが、なんだか緊張してきた。中井さん、楽しんでくれるかな。心配だな。初めて誘った四月のナイターは途中から小雨が降ってきてチームも負けて、控えめに言っても最悪だったからな。あの人、口元で微笑んでいてもまなざしに憤懣が出るタイプだからな。なにしろ宝塚在住のお嬢だからな。

今日の対戦相手は中井さんではなく横浜なのだが、一番から九番までのどの選手の出来よりも中井さんの出来のほうが気になってしまう。いや、出来というか、機嫌か。

千里丘陵を下ってきた電車が大阪平野の北端に差し掛かり、窓の外に高い建物が増えてきた。もうすぐ江坂駅だ。このあたりから車内も混雑しはじめる。

人ごみに巻き込まれる前に、方針を確認しておこう。不安だが、今日はルーティンを一部省略しなければならない。待ち合わせ場所に縦縞のユニフォーム姿で現れたら、野球を観慣れていない中井さんは引くかもしれない。だから、阪神電車に乗り換えたら忘れないうちにユニフォームを脱いでおく必要がある。もう一度袖を通すのは球場に入ってからにして、その分ほかのルーティンを念入りに遂行しよう。寄り道は論外。ミックスジュースは一滴残さず飲む。この先の御堂筋線でも阪神電車でも、淀川を渡るときは川下方向を凝視。よし。勝つぞ。中井さんに喜んでもらうぞ。

ドア脇の手すりに肩を預けてこっそり拳を固めていると、電車が江坂駅に到着した。桃山台や緑地公園よりも、ホームに人が多い。

ドアが開き、乗り込んでくる人々がおれの前を横切る。その中に、白人の男女の姿があった。六十を過ぎたくらいだろうか。

この駅の周りにはビジネスホテルも多く、外国人観光客の姿はめずらしくもない。日本人に比べれば大柄で薄着の、よくいる欧米人だ。ただ、なんとなく目を引くものがあった。

発車メロディが鳴り、ドアが閉まる。電車がホームを離れ、陽射しの中に飛び出す。

『本当に、この列車でまちがっていないだろうか』

『きっと大丈夫よ。きのうも乗ったじゃない』

日本語とはまったく異なる言葉が、耳にスッと滑り込んできた。英語じゃない。フランス語でもドイツ語でもない。ポーランド語だ。声がした左うしろを振り返りそうになり、ルーティンを思い出して首の動きを止める。

『まったく、この国では水族館に行くのもひと苦労だね』

『ええ、本当に。地下鉄だけでも何路線走っているのかしら。私たちのような年寄りは、数の少ないヴァルシャヴァのそれだって乗りこなすのがやっとだというのに』

ヴァルシャヴァ！

本物のポーランド語、本物のポーランド人だ。日本では「W」をローマ字読みして「ワルシャワ」と発音されるけれど、「ヴァルシャヴァ」はまさしくポーランドの首都をさす言葉だ。おれの家とおれの学校があった街。なつかしい。

『施設の名前はなんと言ったかな。日本語はどうにも覚えきれない』

『ええと』妻と思われる婦人が、おれの斜めうしろで地図かガイドブックをめくる。『「カイユカン」ね』

カイユカンこと海遊館は街の西側、大阪港にある巨大な水族館だ。なんでも世界有数の規模だそうで、熱帯魚店に毛の生えた程度のポーランドの水族館しか知らなかったおれも、初めて遊びに行ったときは度肝を抜かれたものだ。

『そうだ、カイユカンだった。無事にたどり着きたいものだね』

『きっとなんとかなるわ』

どうも、乗り換えに不安を抱いているらしい。会話から想像するかぎり、翻訳機の類は持っていないか、持ってはいても使いこなせていない様子だ。パッと振り返って『ホンマチでチューオーセンに乗るんだよ』と言ってあげられればいいんだけど、それをしたらルーティン破りになってしまう。いや、一瞬なら問題ないか。しかし今日は球場に着く前に一度ユニフォームを脱ぐのだから、これ以上ルーティンをないがしろにするのは避けたい。

『ねえちょっとあなた』妻が声をひそめ、夫に話しかけた。『そこの人の袖の紋章、虎の顔よね？』

『君も気になってたかい？　サッカーチームのサポーターだろうか』

おれ、会話のネタにされてますね。

『でも、サッカージャージにしてはブカブカだわ。きっとあれよ、ええと、ほら、ああ、ベイズボル』

『ああ、ヤポニアでは人気のあるスポーツだそうだね。きっと今日は試合があるんだろう』

謎の虎男がポーランド語スピーカーであることを知る由もない夫婦は、自動音声の車内放送が始まると急に口をつぐんだ。日英二ヵ国語のアナウンスに耳を澄ませ、案内が終わるとため息まじりに言葉を交わした。

『カイユカンの名は出てこなかったようだね』

『ええ。日本語はともかく、私たちがせめて英語をもう少し理解できたらと思わずにはいられないわ』

ホンマチでチューオーセン。ホンマチでチューオーセン。

遥かポルスカより不思議の国ヤポニアへとやってきた夫婦に向けて、肩越しに念を送る。……せやな、わかってる。通じるはずないやんこんなん。

いっそ、ひとり言を装って『ホンマチでチューオーセンに乗るんだよ』と呟いてみようか。いやいや、ただでさえ虎のユニフォームで悪目立ちしているのに、突如外国語を口走って車内にいらぬ緊張感をもたらすのは本意ではない。それに、藁にもすがる思いの夫婦は『君はポーランド語が話せるのかい!?』と食いついてくるはずで、そうなれば振り向かないわけにはいかなくなるだろう。

振り向いたら負けだ。現地観戦二連敗では中井さんもがっかりするだろうし、三度目を誘うのはかぎりなくむずかしくなる。だから、振り向けない。でも、手助けができる立場でしないのは、人としてどうなんだろう。いろいろな旅先の候補からせっかく日本を選んでくれたのに、海遊館にたどり着けなかったらこの二人はがっかりするだろう。

ドアの脇に突っ立ったまま心の中で右往左往するおれを乗せた電車は東三国、新大阪、西中島南方と停車し、ホームで待つ人を飲み込んではまた走りだす。

夫が、不安を振り払うように明るい声を発した。

『とりあえず、きのうと同じ駅で降りてみよう。大きな駅だから、きっと何か手がかりがあるはずさ』

『そうね。きのうもそうやってナラにたどり着けたものね』

いやいやいや、「きのうと同じ駅」ってどこ？　本町？　本町やったら問題ないけど、奈良に行くルートとしては考えにくいしなあ。でも、ほかの駅で降りたら海遊館へは遠回りになるぞ。


一人で気を揉んでいるうちに、電車の走行音が「タタン、タタン」から「ダダン、ダダン」に変わった。淀川を渡る鉄橋だ。並走する国道の向こうに、青空を映す水面が見える。ルーティンの重要ポイントだけど、どうも意識は甲子園ではなく大阪港方面に向かってしまう。

夫婦が目指す海遊館までのルートは乗り換えが一回だけの簡単なものではあるけれど、日本語はおろか英語も不得意だとすると、難度はぐんと上がる。日本語に苦労しないおれだって、出張でたまに東京に行くと駅の構内や街中(まちなか)で立ち尽くしそうになるくらいだ。

ホンマチでチューオーセン。ホンマチでチューオーセン。

届かないとわかっていながら、せめてもの国際ボランティアとして念を送る。

鉄橋を渡り終えた電車はカーブを描きながら坂を下り、地面の下に潜った。大阪メトロの名のとおり、梅田も本町も駅は地下にある。その梅田駅にはもう間もなく到着する。おれはそこで電車を降り、阪神電車の改札手前のスタンドでミックスジュースを飲み、甲子園に向かう。ポーランドからの夫婦とはお別れだ。

でも——。

ゴーゴーとトンネル内に轟音を響かせ、地下鉄御堂筋線は走る。

黙って降りていいのだろうか。手を差し伸べなくていいのだろうか。この車内でポーランド語を理解できる日本人は、きっとおれだけなのに。

二人がいつまで日本にいるかわからないけれど、滞在中にテレビ中継かスポーツニュースで同じユニフォームを目にする機会もあるだろう。袖の虎のエンブレムを見たら、今日のことを思い出すかもしれない。二人の脳裏にはこの先、「カイユカン」にたどり着けなかった苦い記憶が、虎さんチームのユニフォームとセットで刻まれるのだ。それは、つらい。気の毒だ。阪神ファンは冷たい人間だと思われるのもつらい。でも、二位浮上が懸かっているのだ。おれと中井さんの今後も懸かっているのだ。このチャンスを逃せばまたズルズルと四位五位に後退しそうな気がしてならないし、中井さんの中のおれの評価もズルズルと後退していくだろう。でも——。

頭の中で堂々巡りを繰り返すおれをよそに電車は大阪の街の下を着々と南下し、最初の地下駅の中津を経て、やがて照明の光の中に飛び込んだ。梅田駅だ。

電車が停止し、ドアが開く。いつになく心臓を高鳴らせながら、人に押されるようにホームに降りる。JR大阪駅に隣接し、地下鉄のほかに二社の私鉄が集結するこの巨大ターミナルは乗降客がとくに多く、電車の横腹から吐き出される人の流れはなかなか止まらない。

その中に、例のポーランド人夫婦の姿があった。

「ああ」

おれは口の中で呻くと、上り階段に向かった。二人を車内に押し戻したいけれど、寄り道はルーティン破りだ。

逃げるように階段を上がり、改札を抜ける。土曜の昼下がりの梅地下は、いつもと変わらず種々雑多な人々が思い思いの方向に歩いている。

えー、お客様の中にポーランド語が話せる方はいらっしゃいませんか!?

地下街に大きな声を轟かせ、勢いに呑まれて手を挙げた人にすべてを託して立ち去りたい。できもしない空想を頭の中で転がしながら、地下街の右手、幅の広い階段を下りた先にあるジュースタンドに向かう。買い物途中のお姉さんやヒマそうなおっちゃんや親子連れの後ろに並び、カウンターの中の店員に「ミックス」と告げて小銭を渡し、玉子色の液体で満たされたプラスチックカップを受け取る。ルーティンどおりだ。順調だ。

おれは順調に行っているけれど、あの夫婦はどうだろうか。いや、もう心配するのはよそう。きっと、ミスに気づいて次の電車に乗ったはずだ。そうじゃなければ、困っている様子を見た駅員がどうにかしてくれたにちがいない。そうだ、おれが心配したってしょうがないじゃないか。心配すべきはポーランド人観光客のことじゃなくて、待ち合わせに遅れることだ。そうだそうだ。

そう自分に言い聞かせつつ壁際に移り、カップの中身を飲む。

なんやこれ。

味がおかしい。地下街のジュースタンドと侮れぬほどよい甘さが、舌にも鼻にもまったく伝わってこない。とろみをつけた砂糖水を飲んでいるみたいだ。

この感じ、どこかで覚えがある。

記憶を探りながら二口、三口と飲む。ああ、思い出した。近所のヨアンナおばさんの家でごちそうになった、インカコーヒーだ。

インカコーヒーはポーランドではよく飲まれる穀物コーヒーで、色は黒いものの原料にコーヒー豆は含まれていない。転勤前からの習慣で我が家ではずっと普通のインスタントコーヒーを飲んでいたこともあり、注ぎ足した牛乳の奥にある麦の香りとあっさりした味わいに、八つか九つのおれは肩透かしを食わされたような気分になったものだ。あのときの感じに、このミックスジュースは似ている。

カップを手にしたまま眉間に皺を寄せるおれに「普通のコーヒーよりも体にいいのよ」と微笑みかけるおばさんの丸い顔が、ずいぶん久しぶりに脳裏によみがえった。なつかしい。

あそこは、親切な人の多い土地だった。何かにつけ家に上がり込んでくるアジア人の少年の相手をしてくれたヨアンナおばさんだけではない。道路工事の影響で博物館行きのバス乗り場が変更されたことにおれたち一家が気づかなかったときは、見知らぬ青年が臨時乗り場まで案内してくれた。虫垂炎で入院した母が死んでしまうのではないかとおれが廊下で泣いていたときは、通りかかる医師や看護師たちがみな声を掛け、肩を抱いてくれた。通りすがりのクズに「中国に帰れ」となじられたときは、たまたま周りにいた人たちがおれ自身もたじろぐほどの剣幕でそいつに言い返してくれた。

で、おれはあの夫婦に何ができた？

石の色をした静かなワルシャワの街並みが、人で溢れた騒々しい梅地下と重なる。

やっぱり、戻ろう。あの二人の所に。手を貸さないのは阪神ファンの名折れだ。

そう決めて最後の一口を飲む。いつものミックスジュースのやわらかな味わいが、当たり前のように舌に戻ってきた。

ＪＲ大阪駅方面に急ぐ人たちをかわし、阪急方面に向かう人たちをよけ、歩いてきた道を戻る。人の流れがふと途切れ、御堂筋線の自動改札機が見えた。

いた。

改札を出たこちら側で、あのポーランド人の夫婦がブースの中の駅員に何かを尋ねている。しかし意思の疎通がうまくいっていないことは、両者の表情を見ればあきらかだ。

代打に起用された新人選手のような硬い足の運びで、東欧からやってきた迷子の夫婦の元に向かう。

「ジェン・ドブレ」

極東の地下鉄の改札口でかけられた「こんにちは」の声に、二人が弾かれたように振り返る。

『ええと、あなたたち、困ってる？』

口から出てきた言葉は、ずいぶん幼いものだった。十二歳相当のポーランド語しか使えない上にそれすら何年も話していなかったのだから、退化していて当然か。

『あなた、私たちの言葉がわかるの？』

妻の目が、およそ三倍の大きさにまで開かれる。

『わかるよ。昔ポルスカに住んでたから。でも話すのは下手になった。でも聞くのはまだ上手』

緊張していた二人の顔が、おれの言葉にたちまちゆるむ。

『君はたしか、同じ列車に乗っていたね』

『うん』

夫に向かって頷いてみせる仕草までが、言葉につられて子供じみてきた。

『そうか。もし君が私たちを助けてくれるととてもありがたいんだが、君はカイユカンへの行き方はご存知かな？』

『カイユーカンね。知ってるよ。ホンマチで、チューオーセンに乗るの』

『そのホンマチというのは？　ここからどうやって行くんだい？　なにしろ私たちは初めてヤポニアに来たんだが、それもおととい到着したばかりでね。まったく途方に暮れてしまっているんだ。それで、なんといったかな、そうだ、チューオーセンとは？』

『あなた、そんなに次々と尋ねるのはよくないわ。彼を困らせてしまうじゃない、ねえ』

頷きかけられておれが『うん』と答えると、妻は妻でコミュニケーションが取れることによほど感激したのか、喜びを言葉に変えて次々と浴びせてきた。

『私たち、なんて幸運なんでしょう。あなたと出会えて本当にうれしいわ。私たちが行きたいのは水族館なのだけど、そこはカイユカンではなくてカイユーカンと読むのね。正しい読み方を教えてくれる人もいなくて、とても困っていたの。この街の地下鉄路線はヴァルシャヴァのそれと比べてとても複雑だし、あまりにも人が多いから。それで、なんだったかしら。そう、問題はカイユカンへの行き方よ。いいえ、正しくはカイユーカンだったわね。ぜひとも私たちにそこまでの行き方を教えてちょうだい、親切なヤポニアの若者よ』

二人が期待に満ちた目でおれを見つめる。役に立てているようでうれしい。では、さっそく応えようじゃありませんか、その大きな期待に。

『あのね、ホンマチで、チューオーセンに乗るんだよ』

『…………』

『…………』

あかん。こんなんおれ、ただの九官鳥や。実地の会話が久しぶりすぎて、複雑な言い回しがさっぱり出て来ぉへん。

巨大な地下街の雑踏の中、三人の間に秋のビャウォヴィエジャの森を思わせる静寂が訪れた。

腕時計に目を落とす。十二時四十五分。パッと電車に乗ってパッと大阪港駅で二人を降ろせば、試合開始には間に合う。

『ええとね、カイユーカンまで連れてってあげるよ』

ほかに手もないやろ、と自分に言い聞かせる。

『本当かい？　そうしてくれるととても助かるよ！』

『素晴らしいわ！　これでもう迷わずにカイユーカンに行けるのね』

二人はおれに抱きつかんばかりの勢いで喜びを表した。さすがポーランド人。底抜けに気さくだがジャパニーズ・スタイルの遠慮というものを知らない。

『じゃあ、行こうか。さっきと同じ電車に乗ればいいよ。あなたたち、降りる駅をまちがえちゃったんだよ』

『やはり、そうだったのか。何かおかしいと思った』

おれの父親よりも年上らしい夫が、照れくさそうにはにかむ。

『あー、気にしないで。でも、切符をまた買わないとね』

言葉の拙さを補おうと両手の指先で乗車券の形を作ると、妻が手に握りしめていた大阪メトロの一日乗車券を見せてきた。

『これは使えるかしら』

『もちろん。よく買えたね』

『エサカ駅の切符売り場に、これの買い方についての英語の説明書きが貼ってあったのよ。五分もかけてどうにかこうにか解読したわ』

やっぱり、日本語はおろか英語も不得意らしい。

ホームに戻り、やってきた御堂筋線の電車に乗る。おれが勧めた空席に腰を掛けたところで、妻が気遣わしげに見上げてきた。

『案内してくれるのはうれしいけれど、あなた、ほかに行く所があるんじゃないの？』

『あるよ。でも、ゲームには間に合うよ。大丈夫だよ』

中井さんのかわいらしくもおそろしいふくれっ面が、地下鉄の窓に映った気がした。

待ち合わせに遅れそうなことを、中井さんに伝えなければ。そう思い立ってポケットの中の携帯電話に触れたところで、横合いから夫が話しかけてきた。

『ゲームというのは、ベイズボルのゲームかな？』

『そう』

夫がレプリカユニフォームの胸元を見下ろし、質問を続ける。

『「タイガーズ」というのは、チームの名前かい？』

『うん』

『強いチームなのかい？　タイガーズは』

一瞬躊躇してから、おれは力いっぱい頷いた。

『もちろんだよ。タイガースはとっても強いんだ』

これには注釈が必要だ。主催試合の有料入場者数やテレビ放映権料、フリーエージェントの獲得実績などから期待される成績を球団が残せているとは言いがたいのが現状だが、そういった事情を説明できるポーランド語の語学力などおれにはない。だが、なに、相手は旅行者だ。ここですべきは正確な回答ではなく、景気のいい返事だろう。

妻が、にっこりと微笑んだ。

『今日も勝つといいわね』

そこですわ。チームは現在二連勝中なので、勝率が5割前後であることを勘案すれば、今日は確実に負ける日ということになる。二位浮上の好機も、阪神が勝ち上がってきたのではなく広島が転げ落ちてきたからやってきたに過ぎない。ちっとも強くはないのだ。

『どうしたの？』

顔つきが憂いを帯びてしまったみたいで、妻に案じられてしまった。

『ううん、なんでもない。今日も勝つよ、きっと』

『私もそう願うわ』

話しているうちに電車は淀屋橋を過ぎ、本町に到着した。

『こっちだよ』

甲子園に向かうルートからは完全に外れた、キタとミナミの境のオフィス街にある駅で電車を降りる。エスカレーターに乗ったところで手早く〈遅れます〉と入力し、中井さんに送信する。詳しい説明はこの二人と別れてからだ。中井さんなら許してくれるだろう、育ちのいい人だから。そう信じたい。

大阪の大動脈とも称される御堂筋線とはちがって、森ノ宮や堺筋本町、阿波座といった地味な街を東西に貫く中央線は、ホームも車内も比較的人が少ない。

『このくらいの混雑ぶりなら、私たちも多少は落ち着いて道探しをできたと思うわ』

乗り換えという難関をクリアできたからか、空席もある車内を見回す妻の表情にはくつろいだ様子が滲んでいた。

『そういえば、あなたたちどうしてウメダで降りちゃったの？』

尋ねると、夫がばつが悪そうに眉根を寄せた。

『あまりにもたくさんの人が降りるから、私たちもそうすべきなのではないかと考えてしまったんだよ』

その心情はわかる。土地勘のない所で予想外の人の流れに出会うと、案内表示やガイドブックが信じられなくなるものだ。おれも大学生の頃、東京ドームに行くのについ品川で新幹線を降りてしまって焦ったことがある。ちなみにその試合は負けた。

そんなことを話している間にも電車は西に進み、やがて窓から陽が射し込んだ。と同時に、走行音がふっと小さくなる。地上に出たのだ。街の中心から離れるに従い、車内の空席も少しずつ増えていく。

『それにしても私たち、きのうはよくナラに行けたものだわ』

窓の外を並走する阪神高速を眺めるともなしに眺め、妻がおかしそうに肩をすくめる。すると、夫がおどけて『ナラ、ナラ、ナラ』と繰り返した。

笑い合う夫婦から聞き出したところによれば、奈良行きはきわめて初歩的な方法で成功したらしい。人の流れのあとについて梅田で降り、駅員らしい制服を着た人を片っ端から捕まえては『ナラ、ナラ、ナラ』と繰り返し、相手が指さす方向に歩くうちに奈良方面行きの電車に乗れたというのだ。二人が話す順路を頭の中でトレースすると、梅田駅と隣接するJRの大阪駅まで案内され、立たされたホームに折よくやってきた大和路快速に乗れたのだと想像できる。この夫婦、お人好しそうに見えてけっこうな幸運と押しの強さの持ち主らしい。

『期待どおりの厳粛で素晴らしい場所だったわ、トーダイジもカスガタイシャも』

目を細める妻に、夫が頷く。

『鹿たちにエサを与えることもできたしね。想像していたよりもはるかに貪欲なんだ、彼らは。ただ、トーショーダイジに行けなかったのは残念だった。どうやって行けばいいのかよくわからなかったよ』

奈良公園あたりから唐招提寺へは、日本語か英語が読めればバスでも電車でもそれほどむずかしい経路ではない。でも、この二人には江坂から海遊館へ行くのと同じくらいの険しい道のりだっただろう。

『それはかわいそうだね。でも、ナラからホテルまで帰れたのはすごいよ。でも、どうやって?』

おれの質問に、夫がニヤッと笑みを浮かべて答えた。

『エサカ、エサカ、エサカ』

なるほど。

『今日はあなたの助けを借りられなければカイユーカンをあきらめなければならないところだったけれど、明日はまたこの方法でキョートに行ってくるつもりよ』

妻が息巻く。

『まあ、幸運を祈るよ』

この行動力なら、なんとかなるような気がする。

電車はやがて、大阪港駅に到着した。海遊館の最寄り駅だ。あとは人の流れについて行けば迷うこともないはずだけど、おれは夫婦と一緒にホームに降りた。折り返しの電車に乗らなければならないからだ。

一帯には大きな観覧車や遊覧船の乗り場もあって、土曜の午後ともなるとこの駅で乗り降りするのは家族連れやカップルばかりになる。高架上に設けられたプラットホームの中、改札口に向かうどの顔もハレの日の高揚感に満ちている。

最後ぐらいは年相応の言葉で別れよう。そう考えて脳ミソの中にあるポーランド語の抽斗(ひきだし)を探っていると、壁面にプリントされた写真を指さした妻が、満面の笑みでおれに頷きかけてきた。

『見て。イルカだわ。きっとカイユーカンまでもう少しなのね。さあ、行きましょう』

『おやおや。まるで君は十歳の女の子に戻ってしまったようだね』

苦笑しながら夫があとに続く。

いやいや、ええとですね、ボク、現地までついて行かないとダメですか？　そろそろ戻らないと、さすがにまずいのですが。

あ、でもおれ、『オーサカコー駅まで』じゃなくて『カイユーカンまで連れてってあげるよ』って言ったな、たしか。相手はすっかりそのつもりみたいだし、おれにはここで円満に案内を打ち切れるほどの表現力はない。二人とも楽しそうにしているのに「ハイここまでよ」は、ちょっとかわいそうか。

腕時計に目を落とす。午後一時九分。海遊館の入り口までは歩いて十分弱。建物が見えるあたりまででもだいたい五分かかる。そこでグズグズしなければ、試合開始にはどうにか間に合う。

中井さん、ごめんなさい。もうちょっと待ってて。

人の流れについて歩きだした夫婦を、おれは小走りで追いかけた。

改札を抜けてエレベーターを下り、電柱のない広い歩道をしばらく進むと、建物の屋根の向こうに大きな観覧車が見えてきた。

『あれに乗ってみたいわ』

声を弾ませる妻に、夫が頷く。

『ああ、それも素敵だね。しかしまずは水族館だ。太平洋の魚たちがお待ちかねだぞ』

『あなたこそ、十歳の男の子に戻ってしまったようだわ』

将来こんな会話を中井さんとできたら幸せだなーと夢想しながら、おれは潮の香りのする街を足取り軽く歩いた。

いや、待て。考えごとなんかしてる場合か。将来も何も、待ち合わせの時間に遅れるのは確実なのに、なんて都合のいい妄想を。府内有数のデートスポットが醸し出すハッピーな雰囲気にあてられてどうする。

歩みを続けながら、おれは腕時計を何度も見た。もう、ルーティンをやり直す時間はない。梅田始発の阪神本線はあきらめて、阪神なんば線経由の最短ルートで甲子園に行くしかない。

道が丁字路に突き当たり、視界が大きく開けた。妻が左手を指さす。

『ガイドブックに載っていた建物だわ。あれがカイユーカンね』

『そう！　あれがカイユーカンだよ。あとは、大丈夫だよね』

時間を気にするあまり、ちょっと余裕のない言い方になってしまった。急いでいることを察した夫が立ち止まり、おれに手を差し伸べる。

『本当にありがとう。何もかも君のおかげだよ』

妻もおれの手を握る。ふかふかしたやわらかい手だ。

『とても助かったわ。何かお礼がしたいけれど、残念なことに時間がないようね』

『お礼なんていらないよ。じゃあ、ヤポニアを楽しんで』

『ありがとう。それじゃあ、元気で』

『あなたたちも』

大阪港駅へ戻るおれの背中に、夫のよく通る声がかけられた。

『タイガーズに勝利を！』

おれは振り返って手を振り、来たときの倍の速さで歩道を引き返した。

大阪港駅から本町方面行きの電車に乗り、本町の二つ手前の九条駅で阪神なんば線に乗り換える。この駅は少し奇妙で、地下鉄のホームが高架にあって、阪神のホームは地下にある。

一本でも早い電車に乗ろうと地上五階相当から地下三階相当へと階段を駆け下り、おれは阪神のホームに躍り出た。次の電車は三分後。本線直通の快速急行だ。しかし、いかにも速そうなこの名前に期待してはいけない。途中駅に優等列車を追い越させる設備がないせいで、この阪神なんば線では快速急行といえども前を走る各駅停車のあとを辛抱強く進むしかない。その名にふさわしいスピードを出せるのは、尼崎で本線に合流してからだ。

狭い地下ホームに立ち、時間にならないとやってこないのはわかっていながら電車が走ってくるはずの方向を尋常でない頻度で窺う。周りの利用客からは電車が大好きなアホにしか見えないだろう。

そして、焦(じ)らすような速度でやってきた快速急行に足音を立てて乗り込む。周りの乗客からは騒々しいアホにしか見えないだろう。ごめん。

神戸三宮行きの電車が地下から地上に出て、いくらか落ち着きを取り戻したところで、とても大事なことを思い出した。中井さんに状況を報告しなければ。でもその前に、何時何分に到着できるのか調べるのが先だ。さっそく、携帯電話の乗り換え案内アプリで検索する。到着予定は午後一時五十四分。試合開始予定時刻の六分前。泣きそう。

続いてメッセージアプリを開く。気づかぬうちに、〈中井澄乃(すみの)〉からの返信が届いていた。

〈了解しました〉

だけ。

ああ、中井さん、静かに怒ってはる。

どこからどう言い訳していいかわからぬまま、言葉を入力する。

〈遅れて本当にごめんなさい。事情があっていま阪神なんば線に乗ってます。甲子園に着くのは1時54分。もうしばらくかかってしまいます〉

送信してしばらく待ってみたけれど、返信は来ない。それどころか、読まれた様子もない。怒っているのだろうか。怒っているのだろうなあ。

釈明をしたいけれど、相手が反応してこないことには手の出しようがない。返答を待たずに言い訳を一方的に送りつけたらますます怒らせてしまいそうだ。中井さんはさっぱりした性格の人だから、しつこくされるのは苦手だろう。

だいたい、おれはすでにしつこくしてるのだ。前回誘った試合が雨まじりの負けゲームという最悪の展開だったのに、懲りずにまた甲子園に誘ったのだから。

その件について、中井さんはどう思ってんねやろ。あのそぼ降る雨の中の観戦を多少なりとも楽しいと感じてくれたのだろうか。両親ともスポーツ全般に関心がない人で、家からけっこう近いのに一度も球場に連れていってもらったことがないと言っていたから、彼女の目には初めての甲子園が新鮮に映ったのかもしれない。でも、あの雨と寒さと拙攻拙守とで構成された試合を経験したら、たいがい一度で懲りるよな。

じゃあ、野球じゃなくて、おれといるのが楽しかったとか?

いやいやいや、そらないわ。それだけはない。試合はつまらなかったし、会話も弾まなかったし。

考えてみたら、こっちは営業部であっちは宣伝企画部と、部署も別で接点の少ない中井さんとたっぷり会話が弾んだのは一度だけ。三月の同期会のときだ。彼女が一度もプロ野球を現地観戦したことがないと知り、酔ったおれが球場で飲むビールのうまさや天然芝の美しさ、絶体絶命のピンチで相手の主軸を打ち取った瞬間のカタルシスなどを滔々（とうとう）と語ると、「行ってみたい」と興味を示してくれたのだ。それだけでなく、「特技がポーランド語っていうくらい地味な浜野くんに、そんな熱い一面があるなんて意外」と褒めてくれさえした。いや、褒め言葉としては微妙だったけれど、言われてこそばゆくなったのはたしかだ。

結局、試合当日は寒くてビールどころではなかったし、相手の主軸には序盤三回のピンチできっちりセンター前に弾き返されたのだけど。

だからやっぱり、今日こそは勝ってもらわなければ困るのだ。梅雨の晴れ間のつややかな青空の下で、スカッとする勝ちゲームを中井さんに見せてほしい。そのためにおれにできるのは、今からでも可能なかぎりルーティンを——。

そこまで考えたところで、電車は淀川の河口部を渡りきった。ルーティンとは正反対の上流側を睨むおれを乗せて。

ダメだ。もうあかん。すべての要素が負けるほうへ負けるほうへと傾いていく。自分から誘ってきたくせに同期の男は遅刻するし現地観戦二連敗だし、中井さんも今度こそ愛想を尽かすだろう。無念だ。さようなら中井さん。聡明なあなたのことが好きでした。二度も試合観戦に付き合ってくれてありがとう。お元気で。また月曜に会社で顔を合わせることとは思いますが。

大阪湾沿いをチンタラ走ってきた快速急行が、ようやく尼崎駅に到着した。ドアが開き、梅田方面からの乗り換え客がどっと乗ってくる。

大好きな野球観戦に向かう途中とは我ながら思えぬほど意気消沈したおれと大量の老若男女を乗せ、快速急行は大阪神戸間の下町をかっ飛ばす。車内の多くの客が甲子園に行くことは、身に着けたタイガースグッズや鞄の口から覗く黄色い応援バットを見ればあきらかだ。海遊館の客と同じように、その表情はどれも明るい。が、この人たちみんながこのあと一敗地にまみれることになるのだ。おれがルーティンを破ったばかりに。

永遠にも思える六分間の所要時間ののちに、いくつかの途中駅を通過してきた電車は甲子園駅に到着した。ホームに飛び出し、黄色い人波の間をすり抜けて出口に向かう。

駅前の遊歩道を競歩並みの早足で通り過ぎ、高速道路の高架の下をくぐったところで、球場の高い外壁の向こうからアップテンポの音楽が聞こえてきた。選手がベンチから守備位置に向かうときに流れる曲だ。ああ、試合が始まってしまう。息を弾ませながら外壁沿いを右手に進み、待ち合わせ場所のこぢんまりとした広場に足を踏み入れる。

中井さんは、いた。待っていてくれた。山桃の木陰に立っている。白いブラウスと黄色いスカートが、今日の青空によく映える。かわいいなあ。

おれは小走りで彼女の元に向かい、パチンと鳴るほど強く両手を合わせた。

「ごめん！　遅くなりました」

顔を上げた中井さんが、ため息に言葉を添える。

「試合、始まるよ」

疲れた様子だ。椅子の少ない場所で三十分ちかくも待たせてしまったんだから当然だ。

「ああ、うん。じゃあ、行こか」

営業先にも見せたことのないフルパワーの愛想笑いを浮かべ、背後の球場を指さす。時間もないのでできれば席まで走りたいけれど、静かに怒っている中井さんにそんなことを呼び掛けられるはずもない。

勇壮な音楽と四万七千人の拍手の下、4号門の短い列に並ぶ。チケットを手渡すと、中井さんが尋ねてきた。

「切符代、席に着いてから精算でもいい？」

「うん」試合はちゃんと観たいからできればプレー中ではなくイニング間に、とお願いしたいけれど、静かに怒り続けている中井さんにそんな注文をつけられるはずもない。「なんか、バタバタになってごめん」

場内アナウンスが、始球式に招かれたどこかの少年野球チームの子供の名を告げる。

少し間があってから、中井さんが質問を続けた。

「なんで、こんなに遅くなったの？」

「ああ、うん、迷子のポーランド人を道案内してて……」

「もっと本当っぽい言い訳ないん？」

きつい一言が、少年への温かい拍手にまぎれて飛んできた。

似合わぬ人助けをしてきたところなのにその言い方はないんじゃないかと苦言の一つも呈したくなったけれど、考えてみればおっしゃるとおりだ。たまたまポーランド語を喋れるおれがたまたま迷子になったポーランド人の夫婦と出くわしたなんて、信じろというほうがおかしい。

ゲートで手荷物検査を受けていると、場内アナウンスが横浜の先頭打者の名を告げた。遠くレフトスタンドからはベイスターズファンの合唱。始まった。ゲートを順番に通り、はやる気持ちを抑えてスタンドの下の通路を進む。

カーン

木製のバットが硬球を叩く乾いた音と、遠くで上がる歓声。銀傘に反響し、スタンド下の通路まで伝わる重いざわめき。

ああ、この雰囲気。ホームランや。先頭打者ホームラン。しかも、おそらくは初球。負けた。通路を抜けて、一塁側スタンドに出る。スコアボードの横浜の欄には〈1〉の数字。ホームインした先頭打者が、三塁側ベンチの前で手荒い祝福を受けている。

「何が起きたの？」

中井さんが、おれの顔を見上げて小首をかしげた。

横浜の攻勢は、ソロホームラン一本に留まらなかった。この回さらに二本のタイムリーが飛び出し、いきなり0対3。さすが、ルーティンを片っ端から破っただけのことはある。対する我らがタイガースは、チーム初ヒットが四回二死からやっと出るという体たらく。

スポーツ全般に疎い中井さんも、五回に2点、六回にさらに1点を追加されたところでさすがに試合に見切りをつけたらしい。それまで「2ストライクからなんでわざとボール球を投げるの？」「あの選手のヘルメットはなんで汚れてるの？」「なんでタイガースは打てへんの？」と、初歩的なものから核心を衝くものまで不思議そうに質問をしてきたのが、話の内容が「この前、初めてＣＭ撮影に立会わせてもらえて」とか「社食のピッチャーの水、さらにまずくなった気がする」といった、野球から離れたものに変わっていった。

「でも、ここのビールはおいしいわ」

そう言って、中井さんは２イニングかけてちびちびと飲んできたビールを飲み干した。アルコールのおかげか、静かな怒りはだいぶ緩和された様子だ。

「まあ、それだけでも喜んでいただけたのならうれしいです。試合はこんなんやけど」

横浜の青いユニフォームばかりが躍動するグラウンドを、悟りきった半眼で眺める。

「いや、楽しんでますよ。大勢で同じ色の物を身に着けて応援するのって、不思議な高揚感あるもん」

「そう？」

おれに気を遣って言ってくれたのはわかっているけど、それでもうれしくなってしまう。

「まあ、浜野くんがユニフォーム姿で現れたのにはちょっとびっくりしたけど」

そうだ。焦っていたおれは阪神電車の中で脱ぐという段取りも完全に忘れていたんだ。それどころか、この恰好で大阪中を移動していた。まるっきしアホや。

「まあこれは、数あるルーティンの一つでして……」

「ルーティン？」

「いや、こっちの話。それより」中井さんの膝元に目を落とす。「そのスカート、チームカラーに合わせて着てきてくれたん？」

バタバタしていたから触れられなかったけれど、ずっと気になっていたのだ。

「あ、気づいてくれてた？　公式グッズじゃないからガチのファンの人に失礼かなって思ったんやけど、私も参加してみたくて」

中井さんがはにかむ。かわいいなあ。きれいだなあ。

「あ、や、うん。ぜんぜん失礼ちゃうよ。めっちゃかわいいと思う。チームの公式グッズのなんやくすんだ黄色より、ずっときれいなんとちゃう？」

「えへへへへ」

なんか、ちょっといい感じ。午後の青空、白球、となりには黄色いスカートの素敵な人。これで勝ちゲームだったら言うことない土曜日やったのに。

心地よい風とビールと退屈な試合展開にうつらうつらしていた中井さんが目を覚ましたのは、0対6のまま迎えた八回裏のことだった。この試合で初めて先頭打者が出塁したのだ。糸を引くような気持ちのいいレフト前ヒットだった。さらに内野安打が出て、無死一・二塁というチャンスらしいチャンス。しかも打順はクリーンアップ。

あきらめの悪いファンばかりが残ったスタンドの中で、中井さんが声をひそめておれに尋ねる。

「ここでホームランが出たら3点差やん？　そしたら追いつく可能性出てくる？」

「いっやー、それは――」

おれの疑義は、鋭い打撃音にかき消された。夢と希望と歓声の掛け算から導き出されたようにな速度と角度で、打球がライトの頭上を襲う。

「おおっ!?　おっ!?　おっ!?」

　中井さんが見上げる中、浜風をまともに受けたボールが天然芝の上空で失速する。フェンスに張りついたライトの力強い跳躍が視界に入る。しかし白球はグラブの先をかすめ、スタンド最前列にポトリと落ちた。

「おーっ！　入った!?　入ったよね！」

「入った！　入った！　おーっ！」

　気づけば二人とも立ち上がっていて、遅い午後の空の下で快哉を叫んでいた。ありがとう野球の神様。この負け試合に一瞬でも盛り上がれる場面を作ってくれて。

　後続が倒れたあともどよめきの治まらない球場の中でそんなことを考えていたおれは、ルーティンを気にするあまり悲観主義者になっていたのかもしれない。

　続く最終九回の裏。

　ヒットとフォアボールで二者が出塁するものの、続く二者が打ち取られて二死一・三塁。「ひょっとしたら」という観衆の期待が「もうあかん」という諦観に戻ったところで、打順は再びクリーンアップ。

　初球のことだった。

　これがまあ、ボッテボテのピッチャーゴロ。

「んあーっ……」

おれと中井さん、そしてフィールドを取り囲むすべての阪神ファンが、示し合わせたように落胆の声を発する。ところがボールを摑んだピッチャーの送球は、一塁手の頭のはるか上を飛んでいった。

「うおーっ！」

中井さん、雄叫びまでもがかわいい。

2点差として、二死ながら二・三塁。そこからはもう、夢のような時間だった。四番打者は敬遠気味のフォアボール。外野席はもちろん、比較的おとなしい内野指定席の観客たちも皮膚が真っ赤になるまで手を叩き、声を嗄(か)らす中、五番打者が右打席に立つ。

「うわー、なんや楽しいなあ。野球楽しい」

中井さん、ボクはあなたのその言葉が聞きたかったのです。

カウント2-2から放たれた打球の軌道を、おれは死ぬまで忘れないだろう。ボールは左中間を深々と破り、怒号のような大歓声の中を二者が悠々と生還。なんと、終盤2イニングで6点差を追いついた。

結局、試合はそのあと二死満塁からのパスボールでタイガースがサヨナラ勝ちを収めた。最後のプレーこそ腰のくだけそうなものだったけれど、おれの観戦歴でも屈指の劇的な試合だった。

「あー、おもしろかったー」

入場規制のかかった甲子園駅の改札前の列に並びながら、中井さんが晴れやかな声で三時間半の大逆転劇を振り返る。同じ感想ももう五度目か六度目だ。

「おれも、こんなすごい試合は初めて観た。感動した」

駅員たちの誘導で、列が徐々に進む。長々と待たされているのに、誰もが笑顔だ。

「もう六時やのに、空明るいねえ」

言われて見上げると、露草色の空に薄墨のような雲が刷かれていた。

「ほんまや。夏至過ぎたばっかやしね」そう答えてから、おれは勝利の余勢を駆って中井さんに切り出してみた。「まだ明るいし、どっかで食事してく?」

「あ、行く行く。行こう。梅田でも難波でもええよ。今日の試合のこと語りたいし、浜野くんが言ってたルーティンのことも聞きたいし」

「ああ、ルーティン、ですか。まあ、聞きたいなら話すけど、『こいつアホや』って呆れんとってほしい」

「それは楽しみ」

梅田に行くか難波に行くかはホームに来た電車に決めてもらおうということになり、おれたちは難波に行くことになった。お互い家までは少し遠くなるけれど、ま、こんな日は都会都会したキタよりも庶民的なミナミのほうが合ってるか。

五時間近く前にジリジリしながら通ってきた阪神なんば線を、この上なくフワフワした気分で戻る。名前も聞かずに別れてしまったあの夫婦は海遊館を楽しんでくれただろうかと、はるか昔のことのように思える出来事を振り返る余裕も出てきた。

ほっとけば戎橋(えびすばし)からダイブしかねない浮かれた阪神ファンたちを乗せた電車は九条駅の手前で地下に潜り、大阪難波駅に到着した。地上に出ると、露草色だった空は藤色に変わっていた。

「どの店行く？」

空から中井さんに視線を戻し、尋ねる。

「勢いで来たけど、当てはないわ」

「おれもや。適当に歩いて決めよ」

戎橋筋をのんびり北上し、飲食店の立体看板がひしめき合う道頓堀通りを渡る。と、中井さんの肩がすれちがう人に当たってしまった。

「あっ、すみま……」相手を見上げ、とっさに英語で言い直す。「エクスキューズ・ミー」

「オーッ、タイガー・ボーイ！」

聞き覚えのある声に、相手の顔をあらためて見る。なんと、あのポーランド人夫婦だった。

『やあ！　また会ったね』

口調がたちまち十二歳に戻る。

『こんな所で君と再会できるとは！　私はとてもうれしいよ！』

『なんて素敵な偶然なのかしら！　ああ、そうそう、タイガーズは勝った？』

感激した様子でおれの肩を叩き、手を取り、黙っていればキスまでしてきそうな夫婦の様子を見て、中井さんが目をしばたたいた。

「迷子のポーランド人、ほんまにおった……」

「目移りするなあ」

「目移りするなあ」

大きな水槽の中で泳ぐ色とりどりのスズメダイやチョウチョウウオたちに視線をさまよわせながら、おれと中井さんは同じ言葉を繰り返した。

あのいろいろあった土曜日から、ちょうど一週間。

生まれて初めてのお好み焼きをつつきながら海遊館の素晴らしさを語るヤツェク&マリア・カミンスキ夫妻に感化されて、おれと中井さんはこうしてポーランド人推薦スポットにやって来た。地元民なのでこの巨大水族館を訪れるのは二人とも初めてではないけれど、来てみると思った以上に楽しい。いや、中井さんと一緒なら楽しくて当然か。

道頓堀での再会を祝し、「せっかくなら大阪らしいものを」ということでお好み焼き店に入ったおれたち四人は、国籍や世代のちがいを超えてすっかり意気投合した。

夫妻はおれがいかに親切な青年であるかをポーランド語のわからぬ中井さんに滔々と語り、おれは照れながらも褒め言葉の一つひとつをきっちり通訳し、中井さんは翌日からしばらく京都に通うという夫妻におすすめの寺や店をジェスチャーを交えて紹介した。

「マリアさんたち、えらいパワーやったね」

南太平洋の魚たちを目で追いながら、中井さんがおかしそうに微笑む。

おれは深々と頷き、ワルシャワからやってきた小さな住宅建築会社の社長夫妻の様子を思い浮かべた。

「あれで六十五歳と六十二歳やもんなあ。信じられへんわ。おれ、三条京阪前で置いてかれそうになったもん」

豚玉や鉄板焼を頬張り、ことあるごとにビールで乾杯していい気分になったおれと中井さんは、翌日の日曜に京都を案内することになった。

定番の伏見稲荷から、京阪電車と市バスを乗り継いでこれまた定番の金閣寺、そして中井さんおすすめの大徳寺の塔頭(たっちゅう)のいくつかと、二人はゆっくり時間をかけて歩き、苔や玉砂利や青もみじを見ては『美しい』と繰り返し、四条河原町の喫茶店では抹茶アイスに子供のように目を輝かせ、夕方になったからそろそろ大阪に戻るのかなと思いきや『ニシキイチバは近いのかい?』と言いだし、買い食いを繰り返しながら観光客でごった返すアーケード商店街を練り歩いた。

「楽しかったけど、あれは疲れた。錦市場にとどめを刺された。月曜なんか一日ボーッとしてたわ」

中井さんが、低い声で先週末の出来事を振り返る。

「おれも。帰りの阪急電車、ほぼ気絶してた。まあ、あの二人は月曜以降もほぼ毎日京都に通ったらしいけど」

「もう、うちらとはヒトとしての規格がちがうわ」力なく笑ってから、中井さんは声の高さを戻した。「で、今は東京？」

「うん。きのう無事に新幹線で移動できたらしい。夕方電話掛かってきたわ、『オーサカとキョートではありがとう』って。帰りの飛行機が出る木曜まで、またいろいろ見て回るらしい。地下鉄だけやなくて京阪も阪急もＪＲもまずまず乗りこなせるようになったし、まあ、向こうでもなんとかなるんちゃう？」

中井さんにはまだ話していないけれど、夫妻から言われたことはもう一つある。

『ツトムもいつか、スミノと二人でポルスカに遊びに来て』

『ツトムとスミノなら、いつでも大歓迎だよ』

おれたち、二人で旅行しそうなほど仲睦まじげに見えたのかなあと、その言葉を思い出すたびに小鼻が膨らんでしまう。

「浜野くん、なにニヤついてるん？」

いぶかしげに眉根を寄せ、中井澄乃さんがおれの顔を覗き込む。

「ああ、いや……」

「わかった。阪神が勝ちっぱなしやからや」

いや、そうじゃない。でも、絶好調なのは本当だ。首位巨人とはなんと１・５ゲーム差。街でも会社でもテレビでも、今や「阪神どうしたんでしょう」の言葉が挨拶代わりに交わされている。

「まあ、あまり顔に出さないように気をつけます」

あなたとの旅行を妄想してましたとは言えないから、タイガースのせいにしてしまえ。

「きのうでたしか、八連勝やったっけ」

あ、うれしい。タイガースのこと気にかけてくれてる。

「そう。もう十日近く、一個も負けてない」

今度は、本当に阪神のことでニヤついてしまった。

「ちなみに今日は？」

「東京ドームで巨人戦。ちょっと待って」携帯電話を取り出し、野球速報アプリを開く。「うおっ。三回終わって7対1でリード！　本物や、この強さ」

「なんかもう、ほっといても勝つ感じやね」

「ほんまにそう。バタフライ・エフェクトやなんや理由つけてちまちまとルーティン守ってたのがアホらしなるわ」

いやはや、ニヤニヤが止まらん。

大きな水槽を泳ぐ美しいチョウチョウウオを見つめ、中井さんが呟く。

「幸運を運ぶ蝶は、浜野くんちゃうかったみたいやね」

「うん？」

思案げにまばたきすると、おれが好きな人はこっちに顔を向けた。

「阪神の連勝が始まったのって、先週の木曜やったっけ？」

「うん」

「ヤツェクさんとマリアさんが来日したのは？」

思わせぶりな口調に、なにやら気持ちがざわめく。

「たしか、同じ木曜日」

「つまり、ヤツェクさんとマリアさんが来てからは負け知らずか」

「せやね」

おれが頷くと、中井さんはそっと目を伏せた。

「ということは、あの二人が帰国してしまったら——」

「……あっ」

二十歳のおばあちゃん

「は？　豊橋？　どこそれ」

旅行の計画を聞かされたときの、私の返答がそれだった。

だいたいの位置は知っている。西だ。東京から見ておおむね西の方角。

「どこって、愛知県。名古屋の手前あたり」お母さんはそう答え、私に向かって両手を合わせた。

「お願い。お母さん、どうしても休めない仕事が入っちゃって」

「えー」

正直、気が進まない。まだ暑い八月末の、とくに関心もないマイナー都市への一泊旅行。しかも、同行者は巣鴨のおばあちゃん一人。共通の話題なんかろくにない七十二歳の祖母と、二日間何を話して過ごせというんだろう。

「うん、まだ暑い時期だし、億劫なのはわかってる。だけど平日だからお父さんもユミちゃんも仕事だし、美羽(みわ)にしか頼めなくて」

ユミちゃんというのは、おばあちゃんと一緒に暮らしている叔母さんのあだ名だ。

それはともかく、やっぱり気は進まない。でも、夜十時過ぎのダイニングキッチンでスーツ姿のまま手を合わせる母親を前にしたら、断るのはむずかしい。

「まあ、行ってもいいけどさ。夏休み中だし」

「ほんとに？　美羽、ありがとう」

ちょっと芝居くさいくらい顔をほころばせて、お母さんが私の手を取る。さすが、中堅惣菜販売チェーンの商品企画部チームリーダー。それが得意のやり口だとわかっていてもほだされてしまう。

「でね」お母さんが続ける。「豊橋に行ったら、路面電車に乗ってほしいんだ」

先に相手を頷かせてから詳細を説明する。これも得意のやり口。それはいいとして、なんだその付帯事項は。

「豊橋、路面電車あるんだ」

長崎とか広島で路面電車が走っていることはなんとなく知っていたけど、豊橋は初耳だ。

「ね。お母さんも今回初めて知った。豊橋鉄道っていう私鉄が走らせてるんだって」

「それで、路面電車に乗ってどこ行くの？」

「知らない」

「はあ」

気の抜けた相槌を打ち、コップの牛乳を飲む。

「都電、あるでしょ？　荒川線。おばあちゃんちから少し歩いた所を走ってる路面電車」

急に話が飛んだ。

「大塚で山手線の下くぐるやつね。それが？」

「うん、その都電を半世紀以上も走ってたものすごく古い電車が、何年か前にぜんぶ新しいのに置き換えられちゃってね。で、その電車に乗れなくなっちゃったのが、おばあちゃんには寂しいみたいなの」

「それが、どう豊橋に繋がるの？」

「まあ、お母さんも詳しい経緯はよく知らないんだけど、その古い電車のうちの何台かは豊橋に引っ越して、今も走ってるみたいでね。おばあちゃん、何かの拍子にそれを知ったらしくて」

東京生まれ東京育ちのおばあちゃんに、豊橋との関わりがあるとは聞いていない。

なるほど。都電と豊橋が繋がった。

「つまり、引っ越していった電車にもう一度乗りたいから付き合ってほしい、と」

「そう。ただ、豊橋でも今は新型車が中心らしいから、パッと行って古い電車にサッと乗れるもんなのかよくわからないんだけど」

下手をすると、何十分も待つことになるかもしれないのか。

「だいたいの事情はわかった。だけど、その旅行のどこに楽しみを見出せばいいのかがさっぱりわかんない」

「ほんとにねえ」お母さんが、当惑まじりのため息をつく。「『平日に連休が取れそうだから、二人で温泉でも行く？』って誘ったのに、返ってきた答えが『路面電車に乗りたい』だもん」

豊橋には、温泉はないのだろうか。なさそうだけど。

「まあとにかく、一緒に豊橋に行って、路面電車に乗ればいいんでしょ？」

そう答え、私はコップに残った牛乳を飲み干した。

「ごめんね、美羽に押しつけちゃって」

と、お母さんがしょんぼりしてみせる。うまいよな。たとえばこれが「どうせあんたヒマなんだから、文句言ってないで行きなさい」って頭ごなしに言われたとしたら、こっちにもキレて交渉決裂に持ち込むチャンスが生まれるのに。

「で、ミッションの内容は把握したけど、一泊二日も時間があって、路面電車乗るだけ？」

尋ねると、お母さんはやっと申し訳なさそうな顔を崩した。

「まあ、路面電車に乗ったらあとはご相談、て形でいいんじゃない？　おばあちゃんも『ほかにもどこそこに行きたい』とか言ってないし」

「じゃあ、日帰りでもよかったんじゃん？　名古屋の手前なら、めちゃめちゃ遠いって距離でもないでしょ」

だったらお母さんが連れて行けるよね、という意味を言葉に込めたつもりだったけど、相手はすかさず首を横に振った。

「だって、おばあちゃんの体力で日帰りはちょっときついでしょ」

肺炎で入院したのは、私が小五だったから五年前か。

「たしかに」

「だから帰りの新幹線も、十一時ちょっと過ぎのを予約しといたから」

「じゃあ、夕方前にはこっちに戻ってこれるか」

初日は昼前に豊橋に着いて、二日目は昼前に豊橋を出る。とことんまで老人の体力に合わせたスケジューリングということだろう。朝ごはん食べてチェックアウトしたら、あとはお土産を買うくらいの時間しかなさそうだ。

「旅行、いつからだっけ？」

「来週の火曜」

冷蔵庫のそばのカレンダーに目を走らせる。

「四日後ね。じゃあ、それまでに豊橋の観光スポットでも調べとくか」

「そうね。じゃあ、うちの母をよろしくお願いします」

商品企画部のチームリーダーが、娘に向かって頭を下げる。

「いいから、そういうの。まあ、おばあちゃんを路面電車に乗っけて満足させたら、あとはちゃーっと観光して帰ってきますよ」


そう安請け合いした私は、豊橋をだいぶ甘く見ていたらしい。

いくら検索しても、行ってみたくなるような観光地が見つからない。温泉もない。旅行サイトの「豊橋のおすすめスポットベスト20」みたいなページを見ても、ヒットするのは動物園とか自然史博物館とかの、似たような物が東京にもたくさんある施設。あとは、建物がほとんど残っていない城址(じょうし)とか、東海道の宿場町とかで、十六歳が楽しめるかというとけっこうむずかしそうな場所ばかりだ。

魅力に乏しい小旅行を押しつけられてしまったことをぼやきつつ、土曜の朝と携帯電話のバッテリーを浪費した末に、私はどうにか豊橋市のとなりの豊川市に「ここなら行ってみたいかな」という観光地を探し当てた。豊川稲荷。なんでも日本有数のお稲荷さんらしい。

なかなか歴史のある所みたいだけど、中でも「霊狐塚（れいこづか）」というエリアの不気味でかわいい写真にはだいぶときめいてしまった。大きな物から小さな物まで、赤いよだれかけを着けたキツネの石像が杜の中に八百も並んでいるらしい。豊橋からは電車で十五分くらいの距離みたいだから、簡単に行って帰ってこられるだろう。

おおまかな旅行プランができたところでおばあちゃんと電話で簡単な打ち合わせをして、残っていた夏休みの宿題を適当に片付け、新学期の準備と旅行の準備を同時並行で進めると、出発の日はすぐに来てしまった。

天気予報によると、豊橋は二日とも曇りときどき晴れ。最高気温は二十八度前後らしいから、炎天下を大汗かいて歩くようなことにはならずに済みそうだ。

通勤客でごった返す朝の池袋駅で、お母さんが大真面目な顔で私に告げる。

「とにかく、何かあったら昼でも夜でもすぐお母さんに連絡して」

「大丈夫。火星か木星あたりまでおばあちゃん運搬しようって話じゃないんだから」

「新幹線の切符は？　帰りの分もちゃんと持った？」

「大丈夫。家出る前から五億回は財布の中たしかめたから」

「お金は？　ちゃんと別々の所にしまった？」

「だから、大丈夫だって」

背中のリュックをそれとなく揺らしてみせると、お母さんはやっと納得したらしい。人の流れから外れた地下通路の片隅で、大真面目な顔のまま私に頷きかける。

「じゃあ、二日間、お願いね。おばあちゃんによろしく」

「はいはい」

短い挨拶を交わし、私たちはそれぞれのホームに向かった。お母さんは新宿方面へ。私は巣鴨方面へ。そこでおばあちゃんと合流して、東京駅に向かうことになっている。

八時半過ぎの山手線は、覚悟したほどのひどい混雑ぶりではなかった。私たち学生がまだ夏休み中だからということもあるだろう。窮屈ではあるけれど周りの人と肩が触れるほどではなく、窓の外の景色を眺める余裕もある。

右カーブを曲がった電車は切り通しの中を進んで、大塚駅に差し掛かったところで急に高架の上に出た。山手線が坂を上ったのではなく、周りの坂のほうが下ったのだ。都心の北側のこのへんは、土地のアップダウンがけっこう激しい。

そのアップダウンのダウン側、浅い谷の底を跨ぐ大塚駅に電車が停まる。ちょうど、都電荒川線の小さな電車が北口ロータリーをノコノコと走ってくるのが見えた。白地にあしらわれたマゼンタがきれいな一輛編成。高架の上から見ると、まるでおもちゃだ。

あれで我慢すればいいじゃん、とは思う。都電の停留場ならおばあちゃんの家からタクシーで十分もかからない所にあるのに、はるか愛知県まで出掛けてわざわざ古い電車に乗ることに価値なんかあるのだろうか。我が祖母ながら、酔狂な婆さんだ。

旅の先行きを案じているうちに山手線は出発し、ガードをくぐる都電の真上をその何倍ものスピードで通過した。すぐにまた法面（のりめん）に視界をふさがれたかと思うと、電車は切り通しの中に設置された巣鴨駅のホームに滑り込んだ。おばあちゃんとの待ち合わせ場所だ。

ドアの外に出ると、おばあちゃんはわりとすぐに見つかった。ホームのベンチに腰掛けてきょろきょろとあたりを見回している。またちょっと白髪が増えただろうか。枯れ木みたいな体に着けているのは白のカットソーと黒いパンツ。明るいベージュのハット。足元は、ピンクゴールドのばあちゃんシューズ。甲の部分にファスナーが付いてるやつだ。

走りだした電車が巻き上げる風を浴びながらベンチに近づき、「おばあちゃん」と声をかける。

「あら、美羽。おはよう。今日はよろしくね」

顔の皺を深くして、子供みたいに無防備な笑顔を見せる。二、三ヵ月ぶりの孫との再会を喜ぶという以上に、約束どおりに同行者が現れてほっとしたといった感じが強い。私もほっとした。ホームにいなかったらどうしようと、じつはちょっと心配していたのだ。

「電車けっこう混んでるから、座れないかもしれないけど大丈夫？」

「え？」

ちょっと早口だったか。

「電車、座れないけど大丈夫？」

「うん。大丈夫」

そう言って、ベンチからゆーっくり立ち上がる。大丈夫だろうか。

東京もまだまだ捨てたものじゃないみたいで、あとから来た電車におばあちゃんが乗ると、会社員風のお姉さんがすぐに席を譲ってくれた。「すいません」と小声で会釈して、おばあちゃんの正面の吊り革を握る。

「で、どうして豊橋の路面電車なの？」

「え？」

追及は、新幹線に乗ってからにしよう。

そう決めて、私は「なんでもない」と片手を振った。

日暮里（にっぽり）を過ぎてさすがに混んできた電車の中、おばあちゃんは手持ち無沙汰な様子で膝の上の手を組み替えたりあくびを嚙み殺したりしていたけど、上野駅を出発したところでひょいと体をひねって後ろの窓を振り返った。ガードをくぐって左にカーブを描く広い道路と上野公園の緑は、すぐに家電量販店の建物に隠されてしまった。

そうだ、上野公園、小一か小二の頃におばあちゃんに連れてきてもらったな。おじいちゃんが死んで半年くらいは経っていたのか？　たしか動物園の帰りに、さっきの緑の中に立つ西郷隆盛の銅像のそばまで連れて行かれたはずだ。それから、近くの店であんみつを食べたっけ。犬を連れた「西郷さん」が何をした人なのかもまだ知らなかったけど、クリームあんみつのおいしさはまだ覚えている。

「なつかしいね」と話しかけたいけれど、それも新幹線に乗ってからにしよう。

お昼はどうしよう、という話になったのは東京駅に着いてからだった。予約した新幹線の豊橋到着予定は、十一時四十分。

「私、駅弁食べたい」

ここぞとばかりにかわいらしい孫ボイスを発して、私は食事の予定を強引に決めてしまった。

お昼前に現地に着いて適当な食べ物屋さんを探す、というのがお母さんが描いていたプランなんだろう。でも、古い路面電車がすぐに来てくれるとはかぎらないから、場合によっては豊川稲荷に行く時間が短くなることも考えられる。だったら、昼は新幹線の中で済ませておいたほうがいい。

孫のそんな企みには気づかず、おばあちゃんは駅弁の店に入ると楽しそうに商品を選んだ。牛たん弁当と幕之内弁当が入ったレジ袋を提げて新幹線のホームに出たら、それなりに旅行気分が盛り上がってきた。

お母さんが予約したのは、九時二十六分発のこだま号。豊橋にはのぞみはもちろんひかりも一日に何本かしか停まらないので、各駅停車でのんびり行くしかないらしい。

切符に印刷された数字をたしかめながら、おばあちゃんの先に立って12号車に乗り込む。

「15列のDとEだから、ここだ」進行方向右手にある、二人掛けの席を指さす。「おばあちゃん、窓側どうぞ」

「いいよ。美羽が座んなさい。景色見たいでしょ」

見たいでしょ、と断定された。きっとこの人のイメージでは、私はまだ七つか八つの子供なのだろう。ただ、中学に入ったくらいからは会うのも年に四、五回まで減ってるから、その感覚のままなのも理解はできる。

「べつに私は通路側でいいんだけど」

「でも、おばあちゃんたぶん途中で寝ちゃうから、窓側はもったいないよ」

その言葉で、席順が決まってしまった。

勤め人風と観光客風が半々くらいいる12号車の中、リクライニングシートを倒しながら祖母に尋ねる。

「眠いの？」

「ちょっとね。なんだかウキウキしちゃって、ゆうべあんまりよく寝られなくて」

なんだ、七つか八つの子供なのは私じゃなくておばあちゃんのほうじゃないか。

「旅行、久しぶりなの？」

「ううん。去年の秋にも近所の人たちと行ったよ、箱根」

「あ、そう」

旅慣れてないわけでもないのに、そんなに楽しみか、豊橋が。

「おじいちゃんがあっちに逝って自由になって、それから肺をやるまで年に三度はどこかしら出掛けてたんだけどね」

自由になって、という言葉が引っかかった。私のことをかわいがってくれたおじいちゃんが死んだのを、そんなふうに言うなんて。

おじいちゃんのために何か言ったほうがいいのか、それともおじいちゃんには私には見せない顔があったのかと考えていると、新幹線が静かに動きだした。

あまり気乗りしないとはいっても、せっかくの旅行だ。スタートで口喧嘩をするのもばかばかしい。それに、おばあちゃんはかなり眠いみたいだ。孫の前で本音が転がり出るくらいに。

「豊橋まで二時間以上あるし、今のうちに寝といたら？　私も寝るから」

そう言って品川の先で目を閉じてみたものの、どうも眠れない。久しぶりの旅行に、ちょっと気持ちが昂（たかぶ）っているのかもしれない。

新横浜を過ぎて新幹線が本気を出しはじめると、眠気はさらに遠のいた。高速で流れる景色を目で追うのに忙しく、なかなか寝ようという気分になれない。新幹線なら修学旅行でも家族旅行でも乗ったことはあるのに、つい窓の外をじっと観察してしまう。

一方で、おばあちゃんはコトンと眠ってしまったようだ。力が抜けると、小さな体がますます小さく見える。……死んでないよな？

薄い胸が上下しているのを横目でたしかめてから、私は車窓観察に戻った。

東京からずっと続いてきた街並みに隙間が増えてくると、新幹線はトンネルに出入りすることが多くなった。パッと一瞬外に出たかと思うと、また黒い壁に観察を邪魔される。中学の修学旅行のときもこんな感じだったっけと記憶をたどり、あのときは友達と話すのに夢中で、京都に着くまで景色なんかろくに見なかったことを思い出した。

しかし、今回は老婆との二人旅。車窓に目を向ける時間は持て余すほどありそうだ。

やがて黒い壁の連続が終わったかと思うと、緑の山の向こうに富士山がぬっと現れた。わざとらしいくらい鮮やかな登場の仕方に、口の中で「おお」と呟く。雪のない、群青色の夏の富士山。三島駅を出て、手前の邪魔な山がフレームアウトしてくれたところで、携帯電話のレンズを日本一高い山に向ける。

「富士山、きれいだね」

いきなり肩越しに声をかけられて、背中がビクッと震えてしまった。

「なんだ、起きたんだ」

寝起きのかすれた声で、おばあちゃんが答える。

「夢見ちゃった。寝坊して新幹線に乗れない夢」

「よかったね、乗れてるよ」

「うん」

命拾いした、といった顔でため息をつく。

「あ、そうだ」私は財布の中から切符を取り出して、悪夢から生還したおばあちゃんに見せてあげた。「お母さんから切符もらって初めて知ったんだけど、予約した新幹線に乗り遅れても、あとの列車の自由席なら追加料金なしで乗れるみたいだよ。ほら、切符の裏に『乗り遅れたときは、当日の普通車自由席に限り乗車できます』って書いてあるもん」

受け取った切符と目との距離を調節してから、祖母が頷く。

「ほんとだ」

「ね？　だから、心配しなくて大丈夫だよ」切符を返してもらう拍子に、フックに掛けたレジ袋に腕が当たった。「お弁当、そろそろ開ける？」

おばあちゃんは腕時計に目を落とすと、「まだいいよ」と首を横に振った。たしかに、十時半はお昼を食べるには早い。

「そうだ、美羽、知ってる？」

「なに？」

「昔の電車はね、動くと『モーッ』て低くて大きな音が鳴るの。いかにも〝頑張って走ってます〟っていう音。聞いたことある？」

旅に付き合わせた孫の関心を少しでも高めようというのか、おばあちゃんは私に骨董品の魅力を語って聞かせた。

「『モーッ』、ねえ。聞いたことないけど」

「そう。聞いたらびっくりするよ、大きな音だから」

「まあ、楽しみにしておきますよ。それで、電車に乗って音を堪能したら――」

「豊川稲荷、でしょ？」

よかった。忘れていない。

お弁当は、静岡を出たところで開けた。

豊橋の駅は、案外近代的な建物だった。路面電車が走る街なんだからきっとレトロな佇まいなんだろうと思い込んでいたけど、ここは新幹線の停車駅でもあるんだからＪＲも市も整備に力を入れるのは当然か。

〈バス・路面電車（市電）〉の案内表示に従って、東口に向かう。東海道新幹線は東から西へだいたいまっすぐ走るというイメージだけど、周辺案内図によるとこの豊橋駅のあたりはほぼ南から北に進んでいるらしい。意外にクネクネ曲がってるんだねと頷き合いながら、私たちは表示に従ってペデストリアンデッキに出た。駅出口直結のデッキは広く、アーチ型のモニュメントとか人工の池とかもあって、思った以上に都会的だ。いかにも再開発しましたという感じの、便利で安全で清潔ではあるけれど訪問者が旅情を抱くことは許さぬ表玄関。観光スポット探しに苦労させられたのも納得だ。

デッキの下はバスターミナルとタクシー乗り場になっているみたいで、路面電車の乗り場はその端にあった。

上から覗き込むと、コの字型の低いホームには電車が一台停まっていた。栗色の地に企業広告が貼られた車体の幅は、新幹線のだいたい三分の二。長さは、半分よりはあるかなというくらい。もしも古い電車だったら急いで階段を下りなければならないところだったけど、パッと見たところそんな感じでもない。運転席の窓の上下が黒く塗られていて、時間の流れに耐えてきたレトロというよりは、栗色に塗ってレトロっぽくした今の電車という感じだ。

ホームに続く階段を下りている途中で、発車メロディもベルの音もなく電車が走りだした。噂の「モーッ」という音もしなかったから、やっぱり古くはないみたいだ。

手すりに摑まりながら階段を下りきったおばあちゃんが、線路の先を指さした。

「あら、ずいぶん明るい色の電車ね」

栗色電車が走り抜けていった線路のとなりに、ボディ全体を空色に塗られた電車が停まっていた。今の栗色電車とは微妙に形がちがっているみたいだけど、素人目にはほぼ同じだ。県民共済の広告をまとった空色の電車は、空いたホームへとゆっくりと動きだした。

モーッ
デッキに反響する低く大きく重々しい音を聞いて、おばあちゃんが言ってたのはこれのことだろうとすぐにわかった。たしかに「いかにも〝頑張って走ってます〟っていう音」だ。でも、見た目は五十年も昔の車輛という感じじゃない。

一枚窓の直線的な運転席の上には〈駅前〉というＬＥＤの行先表示。音は古そうだけど、車体のシルエットは全体的にシャープで、半世紀以上も前にこんな加工技術があったとは思えない。

「あの電車も『モーッ』と鳴るのね。なつかしい音」

見た目と音のギャップに戸惑いながらも、おばあちゃんは古い友達に会ったみたいに目を細めた。

徐行で終点に着いた電車は十人そこそこの客を降ろすと、行先表示を〈運動公園前〉に変えた。ドアが閉じるのと連動してサイドミラーが折り畳まれ、運転士が小走りで反対側の運転席に向かう。少し間があって、今度は反対側のドアが開いた。コの字型のこのホームは、乗車用と降車用で分けて使われているらしい。

電車を指さして、念のため聞いてみる。

「これじゃあ、ないよね？」

「たぶんね。音はこの感じだけど、こんな派手な色じゃなかったもの」

「いやまあ、色はあとから塗られたんだと思うけど」ホームに設置された時刻表を見て、電車がだいたい七分おきに来ることをたしかめる。「じゃあ、これはパスということでいい？」

「うん、これじゃない気がする」

空色電車をじっと見つめていたおばあちゃんは、むずかしそうな顔で頷いた。

「じゃあ、パスでいいね？」

「うん。パス」

もう一度頷く。

七分ほどの停車時間に十人そこそこの客を乗せると、電車のスピーカーから運転士のアナウンスが聞こえてきた。

『運動公園前行き、発車しまーす。扉閉めまーす』

続いてドアが閉まる。ゆっくりと動きだした空色電車は「モーッ」という大きく重々しい唸りを発し、デッキの足元の線路を徐行する。そして、その先の左カーブに差し掛かると、少しずつ加速しながら昼の陽光の中を駆けていった。

二本の電車を見送ったところで、私はやっとホームの端にベンチがあることに気づいた。立たせっぱなしにしていたおばあちゃんに声をかけて、木製のベンチに腰を下ろす。

それから二、三分あとに、次の電車がホームに入ってきた。

今度はピカピカの新しい電車。短い車輌が三つ連なった、重心の低い車輌だ。窓が大きくて音も静か。床を低くしたバリアフリー構造なので高齢者にはうってつけだけど、おばあちゃんが乗りたいのは確実にこれじゃない。

ベンチに座ったまま、おばあちゃんに尋ねる。

「パスだよね」

「パス」

地元の人たちを乗せた電車が、「ひぃぃーん」と近代的な音を発してホームを離れていった。加速もよさそうだ。

その次は、最初に見たのと同じタイプの色ちがい。「モーッ」という音もしないので――。

「パス？」

「うん、パス。ごめんね、早く豊川稲荷行きたいでしょ」

「いや、そっちはオマケだから。路面電車乗りに来たんだし」

そう答えはしたけれど、焦れているのが少し声に滲んでしまった。このホームに来て、もう三十分ちかくになる。

このまま一時間二時間待っても古い電車が来なかったらどうしようと心配しはじめたところに、またあの音が聞こえてきた。

モーッ

低く、空色電車よりもいくらかくぐもった響きを発する、ひと目でそれとわかるヴィンテージものの電車。チョコレートメーカーのラッピングで黒地に赤と黄色のド派手なカラーリングにはなっているけど、相当に古い車体なのはまちがいない。正面の三枚窓の下に据えられた大きなヘッドライトの光が眩しい。

ホームにやってきた電車はキイキイとブレーキ音を響かせ、私たちの目の前に停まった。

「これだよね？」

「たぶん」

準備ができたところで横開き式のドアが開き、ステップを上って車内に乗り込む。運賃の支払いにICカードが使えることは、見送った電車に乗る人たちを見て学習していた。

電車の外側はド派手だったけど、中の壁材は落ち着いたベージュで、窓に沿って長く伸びる座席は緑。

せっかくだからと、進行方向寄りの端に座る。ここなら電車の横の景色だけじゃなくて、正面の景色も見える。

「どう？　昔のまま？」

尋ねると、おばあちゃんは天井を見上げた。

「クーラーは、付いていなかったねえ。それと、画面もなかった」

「画面？」

私の質問に、おばあちゃんは運転席の背面のモニターを指さした。

「ほら、あれ」

〈この電車は　赤岩口　ゆきです〉の大きな文字が、液晶画面に表示されていた。

「ああ。時代に合わせていろいろ改造してるんだろうね」

「そうだろうね。昔は車掌さんが乗ってってね、次の駅を知らせたりお金を集めたりしてたんだよ」

「へー」

半世紀前の姿を想像しながら車内を見回しているうちに席も半分ちかく埋まり、ドアが閉まった。短い沈黙のあとでガタッと小さな衝撃がして、電車はじわりと前進した。それから、例の「モーッ」という唸りを発して加速を始める。

「おおー」

関心もなかったのに、口の中で感嘆の声を発してしまった。

電車は左にカーブを切って駅前ロータリーから離れ、幅の広い直線道路に出た。「いかにも〝頑張って走ってます〟っていう音」をモーッと床下から発しながら、チョコレート電車は駅前大通りの真ん中に敷かれた線路を東へ進む。

「あら、素敵じゃない?」

大きな唸りの中で、私は半世紀前の女子高生のような言葉を呟いてしまった。上り下りの四本の線路が、芝生のベルトの中に敷かれている。緑が目にやさしい。架線を吊るす鉄柱も、ところどころにあしらわれた曲線がちょっとアール・ヌーヴォーっぽくてかわいい。なにより、片側三車線の広い道路を左右に見ながら路面電車が走るこの光景は気持ちがいい。ごめん、豊橋。見くびってた。

「道、広いね」

「え？」

おばあちゃんが耳に手を添える。そうか、このモーモー音だもんな。

「道が広い」

声を張ると、おばあちゃんは静かに頷いた。

「空襲があったのかもね」

そうか。そういうこともあるかもしれない。おばあちゃんが生まれた下谷の家も、焼け野原に掘っ立て小屋を建てるところからやり直したっていうから、戦後生まれのおばあちゃんも道路の拡幅工事とか民家の立ち退きとか、いろいろ見てきたのだろう。今は下谷の家もなくなって、おばあちゃんも巣鴨から北にちょっと行った所に住んでいるけど、復興する東京を見て育った人には、私みたいな二十一世紀生まれにはない視点があるらしい。

線路周りの芝生は百五十メートルくらいで途絶えて、あとは茶色がかった舗装になってしまったけど、道の広さは変わらない。

それにしても、このモーモー音。

加速するたびに低いところからゆっくり音程を上げて、速度が一定になればふっと黙り込む。

ブレーキが掛けられると今度は車輪がキイキイと軋んで、床下から細かい振動が伝わってくる。

機械というよりは、体の大きな草食動物に乗っているみたいだ。

　電車は途中で二回、交差点を曲がった。レールの継ぎ目を踏む「タタン、タタン」という音を短い間隔で発しながら北に向かい、それからまたカーブを曲がって東に進路をとる。道沿いの建物が低くなるにつれて車内の人の数が少しずつ減り、道も片側一車線になって、窓の外はほとんど民家になった。

　なんだか不思議だな、と思う。道路を電車が走っている。そこにあるはずのない物がある感じ。非日常っぽいけど、このあたりに住む人にとっては家の前の道を電車が横切る光景こそが日常なんだろう。そこがおもしろい。

　乗り気じゃなかった反動か、私はこの音と揺れと景色をかなり楽しんでしまっている。

　駅前を出てから二十分ちょっとかけて、電車は終点の赤岩口に着いた。意外にアトラクションぽかったせいか、実感としてはその半分くらいだ。

　車輛の中間のドアから下りて、引き潮のときにだけ現れる島みたいに細長くて低い停留場に立つ。

「どうだった？　久しぶりのモーモートラムは」

　さっそく感想を求める。

「うん？　……うん」

　意外に薄い反応だ。車内が改造されているのが違和感あったのか、車体が派手な色に塗られているのが気に入らなかったのか。

「私はけっこう気に入ったけどね。『モーッ』を堪能した。で、どうする？　駅まで折り返すみたいだけど乗る？」

「うーん、もういいかな。おばあちゃんも堪能した」

七十を超えているだけあって、あっさりしたものだ。

おばあちゃんが、目の前の車体を指さす。

「これの次の電車は何分後？」

時刻表を見てみる。

「十五分ちょっとあと」

「じゃあ、それまでそのへん見てみようか」

「うん、そうしよう」

話している間にチョコレート電車の運転士が車輛の最後尾に向かい、それまでとは逆の位置にある運転席に着いた。一度閉められたドアがまた開いて、三、四人のお客さんが車内に乗り込む。

停留場から短い横断歩道を渡って、私たちはあらためて電車を眺めた。今も銀座とか皇居の周りとかに路面電車のレールがあって、三枚窓のこの電車が東京を走っていたらちょっと楽しいだろうなあ、なんて考えてみる。

電車が動きだしたところで、思いつきで携帯電話を構えてみた。年代物の車輛がモーッと唸りながら駅の方へ戻って行くのを、ちょっとした記念に写真に収める。

電車が西へ遠ざかると、ツクツクボウシの声が聞こえてきた。真上から照りつける太陽に顔をしかめながら、あらためて見回してみる。線路は停留場の先でアスファルトに沈むように途切れていて、その先は橋になっているみたいだ。橋のはるか先には低い山並みが見える。なんの変哲もない郊外。

ただ、停留場の南側に、ちょっとおもしろいものがあった。路面電車の車庫だ。橋の手前で途切れた線路は「ト」の字型に分岐していて、二画目に当たる部分がこの車庫に通じる仕組みらしい。敷地の中では色とりどりの塗装を施された電車が四、五輌、甲羅干しでもするみたいに陽光の中で静止している。

立ち入り禁止の構内ギリギリの所には、カメラを構えた若い男の人が二人。太ってるのと痩せてるの。ナントカ鉄道がどうこうとか、何形が運用から外れてどうしたとか、そんな早口の会話がとぎれとぎれに聞こえてくる。絵に描いたような鉄道オタクだ。

楽しそうな二人の邪魔にならないように距離を取り、おばあちゃんと車庫の中を覗く。緑とか柿色とか白黒ツートンとか、統一感はゼロだけどいろいろな色と形の車輌があってけっこうおもしろい。五歳の男の子のおもちゃ箱を覗き込んだみたいだ。豊橋の駅前で見たシャープな空色電車と同じタイプの車輌もあれば、「モーッ」と鳴らない電車の仲間らしい車輌もある。そして、チョコレート電車と同じ形のもある。

「ほら、あそこ。さっき乗ったのと同じ形のが停まってる。ピンクと黒のやつ」

私が指さした先を見て、おばあちゃんは頷いた。

「ほんとだね。交替で走っているのかもね」

「年寄り電車だしね」

あそこに納涼ビール電車なんてのもあるね、などと話しているうちにいい時間になってしまい、私たちは短い横断歩道を渡って停留場に戻った。やってきたのは「モーッ」と鳴らないタイプ。帰りは行きとは向かい側の席に座って、反対側の景色を眺めながら豊橋駅に戻ることにした。比較的新しいからか、乗り心地はいい。

途中、教会の鐘楼がチラッと見えたり正面に大階段を構えた由緒ありそうな公会堂が聳えていたりして、そういう景色を見ているうちに、ここに来るまでの私の豊橋観はパタパタとひっくり返っていった。

豊橋駅に戻ってからは、おばあちゃんの時間から私の時間になった。JRの飯田線という電車に乗って、北に十分ちょっと走る。路面電車に乗ったあとのせいか、普通の電車がずいぶん速く感じられた。

豊橋と名前は似ていても規模はだいぶ小さな豊川の駅を出て、木造の家とか店がたくさん残る門前町を抜けて、私は念願の豊川稲荷に足を踏み入れた。平日の午後二時半という時間帯だからか人は少なくて、にぎやかなのはセミばかり。

右手に鐘楼を見ながら山門をくぐり、続けて鳥居をくぐったところでなんか変だなと気づいて、携帯電話でざっと調べる。ここは「稲荷」と呼ばれているもののじつはお寺なんだそうで、祀っている吒枳尼天という神様が白狐に跨がっていることから、なんだかんだあってこういうスタイルに落ち着いたらしい。神仏習合とか、そういうことだろうか。よくわからないけど。

軒に大きな提灯が下げられた立派な本殿でお参りを済ませ、案内板に従っていよいよ霊狐塚に向かう。幟(のぼり)が道の左右にびっしりと並ぶ「千本幟」というエリアを歩いているときから、私はちょっとはしゃいでしまった。杉木立の薄暗さと、白い生地に赤い文字で〈豐川吒枳尼眞天〉と染められた幟が続く様が、異界への回廊みたいでゾクゾクする。

たどり着いた霊狐塚は期待どおりの非日常的な空間で、私は「わお」「すげ」と呟きながら居並ぶ狐の像の間を練り歩き、写真を撮りまくった。

塚の周りを埋め尽くす石の像には苔むした薄気味悪い顔つきの物からちょっと間の抜けた物までいくつも種類があって、その大群が音も立てずに同じ方向を向いているのは奇妙で異様で幻想的な光景だった。ただ、おばあちゃんはそんなに興味を惹かれなかったみたいで、全体を見渡したあとはツクツクボウシの声が降るベンチにずっと座っていた。

杉木立のおかげかここは涼しくて、鳥やセミの声以外の音はほとんど聞こえない。予備知識ゼロでここに迷い込んだら、写真どころじゃなく早足で逃げ帰るだろう。

霊狐塚には十五分か、もしかしたら二十分くらいいたかもしれない。戻る途中で奥の院という所に寄ってお参りをしてから、千本幟を抜ける。狐ゾーンから遠ざかると、世界はそれまでよりもいっそう雑然としているように感じられた。夢から覚めたときの感じに近い。

なんとなく狐につままれたような気持ちで門前町を引き返して、また飯田線に乗って、豊橋に戻る。これで、旅の目的は果たしてしまった。

改札を抜けて、豊橋駅の東西自由通路で立ち止まる。

「まだ四時過ぎだけど、どうしようか」

尋ねると、おばあちゃんは遠慮がちに質問を返してきた。

「ホテルには、もうチェックインできるのかしら」

そう言われて、私はやっと気づいた。豊川稲荷のあたりから、おばあちゃんがほとんど言葉を発していないことに。

「疲れた？」

私の言葉に、作り笑いを浮かべる。

「ううん、大丈夫」

でも、目に力がない。

すぐにチェックインすることにした。幸い、お母さんが予約したホテルは駅に直結していて、立ち話から十分ちょっとあとには部屋に入ることができた。考えてみたらホテルのフロントで宿泊の手続きをするのはこれが初めてだったけど、私は慣れない作業に尻込みすることも忘れて宿泊カードにペンを走らせていた。

ツインルームの壁側のベッドに腰を下ろしたおばあちゃんが、私に聞かれないようにそっとため息をついた。

「ごめん、おばあちゃん。いっぱい歩かせちゃったね」

自分でもびっくりするような暗い声が出た。

「大丈夫よ。ほら、ゆうべ寝不足だったから、ちょっと眠くなっちゃっただけ」

だったら余計に気を遣うべきだった。今日は八月としては涼しいほうだけど、七十過ぎの祖母をあちこち連れ回すには暑すぎる。

「お茶、淹れようか」

立ち上がりかけたおばあちゃんを「いいから」と座らせて、キャビネットの電気ケトルを手に取る。高校の合格祝いで泊まった舞浜のホテルにもあったから、使い方はわかってる。

ティーバッグのお茶を飲むと、おばあちゃんはベッドに座り込んだときとはちがう種類のため息をついた。

「ああ、おいしい」

「大丈夫？　なんか買ってくる物ある？」

「ううん、いらない。あ、ちょっとカーテン開けてくれる？　手元が暗くて」

たしかに、ルームランプとベッドランプの光しかない部屋は夜と変わらない。

遮光カーテンに続けて半透明のシェードを開けると、山並みの向こうまで続くいわし雲が見えた。足元に目を向ければ、道幅の広い街と路面電車の線路が山の方へと伸びている。

「路面電車、見えるよ」

私が指さすと、おばあちゃんは「どれどれ？」と言いながら窓辺に寄ってきた。

「まだ休んでたら？」

「大袈裟だね美羽は」微笑みながら街並みを見下ろす。「ああ、ほんとだ。いい眺めの部屋取ってもらえたね。——ほら、電車が出てく」

モーッと鳴らないタイプの路面電車が、ロータリーの陰から姿を現したところだった。大きな左カーブを曲がって、真ん中に芝生が敷かれた駅前大通りを東へ駆けていく。

電車を見送ると、おばあちゃんは窓から離れて腰を叩いた。

「ざっとシャワー浴びて、昼寝でもしようかしら」

「それがいいよ。どれくらい経ったら起こす？　一時間？　二時間？」

私の真面目な顔がおかしかったのか、クスクスと笑う。

「目覚ましくらい自分で掛けられるよ」笑われるのは心外だけど、笑う元気が出てきたことにほっとする。「美羽はまだ遊び足りないでしょ？　どこか行ってきたらいいよ」

「でも、一応ここにいる」

「そんなにおばあちゃんに気を遣わなくていいのに」

「だって……」

私が口ごもっていると、おばあちゃんは内緒話を打ち明けるように首をすくめた。

「ねえ、部屋の鍵は二つあるんだし、夕飯まで自由時間ということにしない？　美羽は自由に遊びに行って、おばあちゃんは、お茶飲み終ったらシャワー浴びて自由に寝る」

でも、と言いかけて、ここで押し問答をするほうがおばあちゃんの負担になることに気づいた。

「わかった。じゃあ、自由時間ね」

「はい、決まり」

たぶん、ベッドがある場所に落ち着いて安心したんだろう。おばあちゃんは意外に明るい声を残してバスルームに入っていった。

部屋着を着たおばあちゃんがボディソープの香りを引き連れて出てきたのは、四本目の路面電車が駅前から出て行った頃。

「ああ、さっぱりした。じゃあ、ちょっと横になります。美羽は出掛けてもいいし、部屋にいるならテレビ見てもいいよ。おばあちゃん、周りがにぎやかでも平気で寝ちゃうから」

その言葉どおり、おばあちゃんはベッドに入ると次の路面電車が来た頃には寝息を立てていた。よほど眠かったんだろう。

いいと言われたけど、テレビを点ける気にはなれない。頭の中に後悔ばかり浮かんでしまう。豊川稲荷に行く前に、喫茶店かどこかに入って休ませればよかった。駅前の停留場でしばらく立たせっぱなしにしてしまった。駅弁で時間短縮なんて考えないで、ゆっくりお昼を食べればよかった。

上野動物園に連れて行ってもらったときはおばあちゃんが引率者だったけど、あれから十年ちかく経った今は、私が引率者なのだ。それなのに、おばあちゃんの体力とか、暑さとか、私はぜんぜん考えてなかった。睡眠不足なことも本人から聞いていたのに。

考えてみれば、ウキウキして眠れなくなるくらい楽しみにしていたわりには、おばあちゃんは念願のチョコレート電車に乗っている間もそんなに楽しそうには見えなかった。ということは、寝不足だけじゃなくて、夏風邪でもひいているのだろうか。でも、静かに眠っている様子を見ると、そんな感じもしない。ただ、何か引っかかる。

もしかしたら、と思って、携帯電話の検索窓に〈都電　豊橋〉と入力する。出てきた画像は二人で乗った三枚窓のチョコレート電車ではなく、駅前でパスした空色電車だった。ほかにも色ちがいの電車がヒットしたけど、そのどれもがあのシャープな一枚窓の顔をしていた。

「どういうこと――？」

低い呟きが、ツインルームに漏れる。私たちが乗ったチョコレート電車は、都内は走ってなかった？　たしかに「モーッ」と鳴っていたのに。

表示される〈７０００形〉とか〈モ３５００形〉とかの文字列でいろいろ検索してみたけれど、もともと関心がなかった分野でしかも混乱してしまっているので、内容がなかなか頭に入ってこない。

西日を浴びたいわし雲とおばあちゃんの寝顔を見比べた私は、キャビネットに書き置きを残すとカードキーを手に取って部屋を出た。エレベーターを降り、ロビー、駅の自由通路と早足で進む。

買い物帰りの人とか部活帰りらしい高校生とかが行き交うペデストリアンデッキに出て、手すりを握って路面電車のホームを見下ろす。ちょうど出発したばかりなのか、電車の姿はない。駅員でもいてくれたらと思って出てきたけど、それっぽい姿もない。

見つけたのは、デッキからホームに降りるエレベーター一台。最初からこれに気づいていれば、おばあちゃんに階段を使わせないで済んだのに。

後悔はいったん脇に置いて、何か手がかりになる物を探してあたりを見回す。

人の流れからは外れたデッキの縁、大きなカーブを見下ろすベンチが並ぶあたりに、見覚えのある人影があった。終点のそばにある車庫の前で写真を撮っていた、あの鉄道オタクたちだ。息を整えながら二人の背後に近づく。どう話しかければいいのかと迷いだしたのは、「あの」と声をかけてからのことだった。

「はい？」太いほうが振り返る。「あ、これはこれは」

知り合いみたいな挨拶をされた。

「赤岩口の車庫にいましたよね、昼過ぎごろ」

細いほうに尋ねられ、「はい」と頷く。顔を覚えられていたらしい。

「鉄道、お好きなんですか？」

同じ趣味の仲間だと思ったのか、太いほうが尋ねてきた。二人とも二十歳くらいか。

「あ、いえ、お好きというか……」

口ごもっていると、駅前大通りの先からあの音が聞こえてきた。

モーッ
空色電車と同じ形をした、一枚窓の路面電車だ。

「そう、あれ！　あの電車のことでお聞きしたいんですけど——」

興味津々な様子で私を観察していたはずの二人は、いつの間にかこっちに背を向けてカメラを構えていた。カーブに差し掛かってからデッキの下に潜り込むまで、電車が通過する一部始終を連写して、撮った画像を確認してから私に向き直る。

た。

「で、なんでしたっけ」

会話を放り出して趣味に没頭してしまえる人物たちにたじろぎながら、私はこわごわ質問をした。

「あの、いま駅の方に走ってきた電車が、前は都電を走ってたやつなんですか？」

「あ、モ３５００形ですか」細いほうが、形式記号を即答した。「そうですね、昔の都電７００0形ですね。この豊橋鉄道に譲渡されたのは一九九〇年代以降じゃなかったかな。たしか、一九九二年に二輛と、二〇〇〇年にもう二輛」

メモも何も見ないでこの情報量。信頼できる。

「そうなんですか。おばあちゃんが昔乗ったって言うんですけど、でもあれ、そんなに古くないですよね？」

「いやあ、古いですよ。一九五五、六年の製造じゃないかな」

そんな、終戦から十年そこそこの時代のデザインにはぜったいに見えない。

「でも、見た目けっこう新しい感じだし……」

太いほうが、顔を二重顎に埋めるようにして頷いた。

「ああ、車体更新してますからねえ、ええ」

「は？　車体更新？」

二人が代わる代わる説明してくれたところによると、都内を網の目のように走っていた都電の路線は自動車が普及した煽りを受けて、一九七〇年前後にどんどん廃止されたそうだ。で、今の荒川線一本だけがなんとか残されることになって、廃車をまぬがれてそこに集められた７０００形という電車は、今の形に車体を「更新」されたということらしい。

「ワンマン化」とか「台車流用」とか、二人はいろいろ専門的なことも話してくれたけど、ショックを受けた私はそういった用語の大半を聞き流してしまった。駅前の停留場で「これじゃあ、ないよね？」と見送った電車こそが、都電だったなんて。

出発前にちゃんと調べとけばよかった。古い電車と聞いて、そのままの形で今も走っていると思い込んでいた。それなのに私は、自分が行きたい豊川稲荷のことばかり検索していた。この旅の目的は、おばあちゃんを昔の都電に乗せてあげることだったのに。

「あ、出てきた」太いほうが、携帯電話の画面をこっちに見せてきた。検索してくれたらしい。

「これが、更新前の７０００形です」

「うわ、ぜんぜんちがうじゃん」

低い呟きが漏れてしまった。

そこには、正面の二枚窓の上に〈上野駅〉の行先表示を掲げた電車が写っていた。左右の窓を分ける枠の下には、丸い前照灯と〈７０７５〉の数字。その横には〈１〉の札が掛けられている。赤いラインの入った黄色い車体は全体的に丸みがあって、つるんとした印象だ。一枚窓で直線的な空色電車とは、似ても似つかないクラシカルなデザイン。

「たしかに、ぜんぜんちがいますよね。ただ、それまでの車輛より採光窓が大きく採られていたり後方ドアの位置が左右非対称だったりして、これでも当時としては新しいデザインだったんですけどねえ」

どう見ても車体更新後に生まれた細いほうが、在りし日をなつかしむように言った。でもたしかに、古いデザインのほうが風情はある。この人たちみたいな趣味のない私だって、あのチョコレート電車に乗ったらちょっとはしゃいでしまったくらいだ。

「あ、そうだ」携帯電話を取り出して、終点の赤岩口で撮った画像を二人に見せる。「この電車は、元都電じゃないんですか？」

豊橋駅方面に折り返すチョコレート電車をパッと見ただけで、二人は元の所属を言い当てた。

「ああ、モ３２００形。これは元名鉄。美濃町線」

「美濃町線だね。名古屋鉄道モ５８０形。製造は、７０００形と同じ頃」

「あの、ミノマチ線っていうのは――？」

太いほうが、北の方向を指さした。

「岐阜です。昔は日本中いろいろな都市で路面電車が走っていまして、ええ」

「岐阜……」

自分に呆れる。自分が無知なことすら知らない私は、チョコレート電車の中で「どう？　昔のまま？」なんておばあちゃんに聞いていた。東京とはぜんぜん別の土地を走っていた電車なのに。

おばあちゃんの反応が薄かったのが違和感のせいだったのか、それとも眠気と疲れのせいだったのかはわからないけど、ひとつわかったことがある。私は引率者失格だ。

「そうですか。どうも、ありがとうございました」

気落ちしたまま頭を下げる。

「ああ、いえいえ」

「お役に立てたでしょうか」

モーッというあの音が、デッキの下から聞こえてきた。挨拶を打ち切った二人が、駅前を折り返してきた電車に向かってカメラを構える。その背中に頭を下げてから、私はホテルに戻った。

足音を忍ばせて部屋に入ったつもりだったけど、おばあちゃんは私が椅子に座って五分もしないうちに目を覚ましてしまった。寝ついてから四、五十分か。

「美羽、ずっとここにいたの？」

「いや、ちょっとだけ出掛けてきた。まだ五時過ぎだし、もっと寝てたら？」

「ううん。もう充分。それに、寝すぎると夜寝られなくなるから」

そう言って、満足そうな吐息をつく。なんだか幸せそうな顔。

おばあちゃん、あのね、路面電車のことなんだけどね——。

起きたらすぐにそう切り出すつもりだったけど、本人を前にしたら言葉が出てこなかった。

「なんだかおなか空いちゃった。もう開いてるお店あるかしら」

そう言って、おばあちゃんが薄いおなかに手を当てる。駅弁を食べたのは十一時。意識したら、私も急におなかが空いてきた。

「何食べたい？」

「お寿司。回らないお店がいいな」

「え？」と躊躇してはみたけれど寿司の誘惑に勝てるはずもなくて、それから三十分後には私たちは街中のお寿司屋さんのカウンター席に座っていた。ホテルの人に教えてもらった店だ。

おばあちゃんは体力も気分もすっかり回復したみたいで、板前のおじいちゃんが握るトロとか鰺とか穴子とかを、私よりも速いくらいのペースでつまんでいた。

「外神田三丁目。わかる？　秋葉原のいちばんにぎやかなあたり。会社は、そこの停留場から一本お茶の水側に行った昌平橋通りにあってね——」

寿司がおいしいからか疲れが取れたからか、おばあちゃんは上機嫌で都電の思い出を話した。十八歳から電気機器の卸の会社で事務の仕事をしていたことも、おじいちゃんとの結婚を機に二十三歳でそこを辞めたことも、初めて聞く話だった。

「楽しかったぁ。お給料は少ないし、あの時代だからお茶酌みくらいの仕事しかさせてもらえなかったけど、毎日なんだかよく笑ってた。たまに帰りがけに広小路で降りて買い物したり、映画を観たり。あ、上野公園で電車降りて、お友達と甘い物食べたこともあったな」

お母さんもまだ生まれてなかった時代の思い出話は興味深かったけど、私の相槌はどこか気の抜けたものになってしまった。会話は途切れがちで、小上がりのテレビの音ばかりよく聞こえる。

「おなか、空いてなかった？」

横から、おばあちゃんが顔を覗き込んできた。

「ううん」

私は首を振って、皿に置かれたままになっていた穴子の握りを口に運んだ。こんなときだけど、おいしい。身とタレの甘みがシャリの酸味に引き立てられて、嚙むたびに口の中でふわりと混ざる。

おしぼりで指先をぬぐってから、おばあちゃんはお茶をひと口飲んだ。それから、チラチラと私の横顔を窺う。

「今日はおばあちゃん、美羽に心配かけちゃったね」

私がしょんぼりしてるのを、自分のせいだと思い込んでいるらしい。

「ちがうよ。おばあちゃんのせいじゃないよ。私のせいだよ」

「うん？　美羽のせいで美羽がしゅんとしてるの？　おかしなこと言うのね」

「ああ、いや……」

「はい、穴子の、今度は塩」板前さんが、それぞれの皿に次のネタを置いた。「醬油をつけないでそのままどうぞ」

悩みはいったん脇に置いて、穴子の寿司を食べる。タレがかかっていないぶん、ふわふわした歯ざわりがより感じられてこれもおいしい。

「おいしいねえ」

おばあちゃんが、口元を隠しながら目を細めた。

たぶんこの人は、自分が乗った電車が都電の車輛じゃないことに気づいていない。今からあらためて乗りに行くこともできなくはないけど、もう帰宅ラッシュの時間だから混んでいるはずだし、待っていても７０００形が来てくれるとはかぎらない。だから、このまま黙っていれば、おばあちゃんは本当のことを知らずにいられる。でも、それでいいの？

「美羽、本当にどうしたの？　おなか痛いの？」

もう一度顔を覗き込まれた。心配そうな目。だめだ、おばあちゃんを騙すのは嫌だ。

「あのね……」

私は、おばあちゃんが昼寝をしている間のことを順番に話した。携帯電話で都電について調べたこと。駅に様子を見に行ったこと。デッキであの二人と再会して、いろいろ教えてもらったこと。そして、チョコレート電車が東京じゃなくて岐阜を走っていたこと。

黙って聞いていたおばあちゃんは、お茶に口をつけるとカラッとした声を発した。

「なーんだ」

「『なーんだ』って……」

「そんなことでしゅんとしてたの。だったら、ここ出たらもう一度乗りに行けばいいじゃない」

「でも、たぶん混んでるよ。座れないよ」

「大丈夫よ。きっと途中で席が空くし、終点まで立ってても二十分そこそこじゃない。昔の都電なんか、外神田から上野の駅前まで立ちっぱなしが当たり前だったんだから」

肘でつつかれた。おばあちゃん、元気になったのはまちがいないみたいだ。

「そうかもしれないけど、もう夜じゃん。景色見えないよ」

「お昼にたっぷり見たし、会社から帰るのはだいたいこのくらいの時間だったから、むしろおあつらえ向きよ」

「だけど、待ってても肝心の７０００形が来るとはかぎらないじゃん」

「明日の朝もあるでしょ。新幹線は十一時過ぎなんだから、その間に一本くらいは来るわよ。心配だったら六時でも七時でも、早起きすればいいじゃない」

「そうか……」まちがった電車に乗せてしまったことに落ち込んで、私はちょっと視野が狭くなっていたかもしれない。「そうだね。そうしようか」

「はい、鯛ね。薬味が乗ってるから、これもそのままで」

次のネタが出てきた。これもおいしそう。


コの字型のホームに、先客は五人しかいなかった。ちょうど電車が出ていったところらしい。これなら確実に座れる。ただ問題は、元都電の７０００形、今のモ３５００形が来てくれるかだ。

「やっと、夜風が気持ちいい季節になってきたわね」

デッキの下を吹き抜ける風におばあちゃんが目尻を下げるそばで、私は小声で繰り返していた。

「来い。来い、モーモートラム。来い」

電車の種類にこんなにこだわる女子高生もめずらしいだろうなと自分に呆れながら、それでも唱え続ける。しばらくすると、バスやタクシー、そして人の足音にまぎれて、遠くからあの音が聞こえてきた。

モーッ
はっとして、線路の先に目を向ける。大きなカーブを曲がってきたのは、デッキで太いほうが見せてくれた画像と同じ、黄色い車体に赤い帯を巻いた7000形だった。煌々と光る前照灯の色が温かい。

「うわ、ホンモノ来た」

そんな言葉が口から転がり出た。文字の高さがちょっとずれた〈駅前〉の行先表示も、〈1〉の札が挿されたフレームの歪み具合も、正面の縁に縦書きされた〈乗降者優先〉の文字も、人の手の跡が感じられていかにも昭和。こんなレアなのが走っていたなんて知らなかった。もしかしたら復刻版みたいなものかもしれない。

「これよ。この電車よ」

おばあちゃんの声が、この旅行中初めてうわずる。

正面に〈7075〉の数字がペイントされた電車はキイキイとブレーキを鳴らしながらホームに停まると、反対側のドアを開けて乗客を降ろした。それが済むと車輛の後ろ寄りにあるドアから車掌が降りてきて、ゴム手袋を嵌めた手で備え付けの紐を下に引っぱった。屋根の上で青緑の火花が散って、架線から電気を取る装置がカシャンと角度を変える。

「うおー、リアル」

実物を見たことがないのにそんな言葉を呟いてしまったのは、一連の動きがこなれていて無駄がなかったからだろう。何十回何百回と繰り返さないと、こうはならない。

「1系統、赤岩口行きー」

ゴム手袋を外すと、車掌はマイクを通さない生声でアナウンスした。作業が終わるのを待っていた客が、順番に乗り込む。

「ああ、なつかしい。ほら、美羽」おばあちゃんが、開襟シャツの車掌が下げた黒い肩掛けカバンを指さした。「車掌さんががま口のカバン下げてるでしょ？　集めた電車賃をあれに入れるのよ」

おばあちゃんはうれしそうに十円玉を三枚用意すると、「二人分ね」と車掌に告げて渡した。

「え？　安くない？　いいの？」

車掌が、受け取った硬貨を鞄の中にチャリンと収めた。いいらしい。

「ほらほら、乗って」

娘のようにはしゃぐおばあちゃんに背中を押されて、出入口のステップを上がる。

最初に感じたのは、匂いだった。木とワックスか何かが混じった、油っぽい匂い。でもほとんどの窓が開いているせいか、こもった感じはしない。そして、天井が高い。そうか、エアコンが付いてないからか。その天井からは小さな扇風機がいくつか下がっていて、車内の空気をゆっくり掻き回している。

あちこち見回しながら歩を進めると、足の下でミシッと何かが軋む音がした。見ると、床が木の板張りになっていた。匂いの元はこれらしい。

「……すげー」

けっこう興奮してるはずなのに、圧倒的なレトロ感に包まれたら声が自然と小さくなった。

「あら」

続いて乗ってきたおばあちゃんが、七十二歳らしくない若い声を出す。視線の先を追うと、端の席で黒縁眼鏡の男の人が手を挙げていた。

「やあ、お久しぶり」

「ええ、本当にお久しぶり。今夜はね、音を聴きに来たんです、この電車の音を」

「それはずいぶんな物好きだな」

眼鏡の奥で、男の人が微笑んだ。ザ・昔の真面目な青年、という印象。

おばあちゃんは少し隙間を空けて、男の人のとなりに座った。白い半袖シャツに紺のネクタイ。黒い革靴。誰だろう。

「そちらは?」男の人が、遠慮がちに私を窺った。「娘さんかな?」

「嫌だわ。孫ですよ」

「ああ、お孫さんですか。あなたによく似ている」

「そうかしら」私をチラッと見る。「気持ちのやさしい子です」

孫自慢はいいからその人誰か教えてよ、という内容を失礼がないようにどう伝えようかと考えながら、とりあえずおばあちゃんのとなりに座る。

ガラガラッ、と、ドアが閉まる音がした。

チンチーン
天井に渡された紐を引っぱってベルを鳴らしてから、車掌がよく通る声を発した。

「はい、動きまーす」

1系統の7000形が、窓を震わせながら夜の豊橋駅前を発車した。モーッ、という床下からの唸りが直接耳に届く。その音量がチョコレート電車とは比べものにならないくらい大きいのは、窓が開け放たれているからだろう。

「次はー駅前大通ー」

カーブに差し掛かったあたりで、音に負けないように車掌が声を張る。走りだすと窓から風が入ってきて、なかなか気持ちがいい。

モーモー音にまぎれて、男の人の声が聞こえてきた。

「どうですか、この吊り掛け駆動の音は」

「なつかしいです。とにかくなつかしい。電車が東京を走っているうちに、もっと乗っておくんだったわ。もっとも、結婚してからは生活に追われて都電どころではなかったけれど」

「そうですか」頷いた男の人が、ずれた眼鏡を直しながら早口で続けた。「僕も、あなたのことがなつかしいです。もう会えないものと思ってましたよ」

「私もです。1系統が廃止されたっきりになってしまいましたからね」

おばあちゃんの皺だらけの手が、膝の上できゅっと握られた。

首を突っ込みにくい空気を感じて、私は石のように黙り込む。

「駅前大通ー」

キイキイ、ブオン、と車輪を軋ませて、電車が最初の停留場に停まった。降りる人はほとんどいなくて、ベルに続いて車掌が「はい、動きまーす」と告げる。

モーッという響きが、また車内に満ちる。おばあちゃん、毎日この音の中を会社に通っていたのか。

次の新川停留場を出たところで、車掌が声を張った。

「次はー外神田三丁目ー」

さっき聞いた地名だ。おばあちゃんの会社がある所じゃないか。

電車が交差点を北に折れると、道の左右は電機メーカーや電器店の看板だらけになった。〈ルームクーラー実演販売中〉とか〈サンヨー全自動洗濯機〉とか〈ナショナルカラーテレビ〉とかの、文字情報だけの看板や垂れ幕が、薄暗い通り沿いにぼうっと浮かぶように見える。ゲームやアニメのキャラクターの看板は、どこにも見当たらない。

少し進んだところで、電車は警笛を鳴らしながら停止した。首を伸ばして運転席の先を見ると、電車の前に自家用車が一台停まっていた。左にウインカーを出しているけど、車道が混んでいて線路からなかなか脱出できない。

進行方向から目を戻した男の人が、おばあちゃんに話しかける。

「いつものことながら、渋滞してますね」

「ええ。これだと上野公園までだいぶかかりそうですね」

会話の内容とは逆に、二人とも声がどこかうれしそうだ。

「都電も、軌道敷に車が入れるようになっちゃあおしまいだ。遅れは日常茶飯事だし、そりゃ廃止になるわけです」

「困りますね。モータリゼーションの時代だなんていいますけど、自動車なんかうちはとても買えませんよ。駐める場所がないもの」

「なるほど、下谷じゃそうかもしれませんね」男の人が苦笑いをしながら頷いた。「根津もそんなものですよ。マッチ箱のような家に爺さん婆さんから親兄弟ぜんぶで八人詰め込んで、タイヤ一本置く隙間がない」

電車のとなりに停まったトラックが、ピッとクラクションを鳴らして立ち往生中の車に道を譲った。石畳の軌道敷にボディを揺さぶられながら、車があわてた様子で車道に戻る。

邪魔者がいなくなって、電車がまた走りだした。でもまたすぐ停まってしまう。今度は信号だ。

交差する通りを車が行き交う。自家用車はどれも背が低くて前後に長く、サイドミラーが窓枠じゃなくてボンネットの両脇に付いている。

車の行き来が止まったところで、左手からこの〈７０７５〉と同じ配色の都電が現れた。私たちが乗っている電車の進行方向に合流するらしい。窓からあふれる四角い光の連なりが、明かりが少ない街の中でひどく鮮やかに見えた。

電車が進み、外神田三丁目に到着する。何人かが降り、何人かが乗ってくる。がま口に小銭が落とされる音が、ドアの所に立つ車掌の手元から聞こえてきた。

窓から、煙草の匂いが流れ込んでくる。煙いな。街全体が煙い。

電車が動きだした。次の停留場は外神田五丁目だそうだ。

おばあちゃんが、男の人に尋ねる。

「40系統も十二月で廃止でしょう。そのあとはどうなさるの？」

「当面はやはり、バスと国電を乗り継いで通勤することになりそうです。もっとも、不忍通りの下に地下鉄を通すそうで、もう工事が始まってますがね。あなたは？」

「ええ、地下鉄の日比谷線を使うことにしました。入谷の駅も秋葉原の駅も、家や会社から歩くには遠くて。先が思いやられます」

「ただ、地下鉄は乗ってしまえば速い。時間も正確だ」

加速や減速をしたり、信号に止められたり、停留場を発車したりするたびに、電車は前後に揺れる。立っている人たちも、座っている人たちも一緒に揺れる。私も、車掌も、おばあちゃんも、男の人も。

次の停留場が上野広小路であることを車掌が告げる頃には、渋滞にほかの電車も加わってきた。後ろにも都電。反対側の線路にも都電。

モーッ
重い加速音の中で、おばあちゃんがそっと頭を下げる。

「あんみつ、ごちそうさまでした」

「ああ、上野公園の。いえいえ、不躾な誘いに付き合ってくださって、こちらこそお礼を言わないと」

あの店だ。動物園の帰りに、おばあちゃんに連れて行ってもらった店。

「お礼だなんて。とってもおいしかったし、映画や山登りのお話も楽しかったし。あの寄り道のこと、私は忘れませんよ。五十年先も、六十年先も」

そうか、あの店、おばあちゃんにとっては特別な店だったのか。

チンチーンとベルが鳴り、電車が進む。

「次はー上野公園ー。20系統、37系統、40系統はお乗り換えー」

その案内に、二人はふいに押し黙った。７０００形が、夜の上野を徐行する。

もっと混め。もっとゆっくり走れ。停留場に着くな。

二人の関係もよくわからないまま、気づいたら私はそんなことを祈っていた。でも、電車は遅いけれど着実に進み、上野公園の停留場に着いてしまった。今朝、山手線の窓からおばあちゃんが見ようとしたあたりだ。

「それじゃあ、お元気で」

立ち上がった男の人が、おばあちゃんと私に向かって手を挙げた。ステップを下りて、運転席のそばのドアから停留場に降りる。

「待って！」

二十歳の娘のような俊敏さで立ち上がり、おばあちゃんが男の人を追いかける。

「だめ！」

私はとっさにあとを追って、おばあちゃんのすべすべしていて血色のいい腕を摑んだ。どうしてかはわからないけど、この電車を降りたらだめだという確信があった。

二十歳の祖母の黒い髪から、ジャスミンの化粧水がほのかに香る。

停留場に立った男の人が、車内の私たちを見上げて笑顔で手を振った。
チンチーン
「はい、動きまーす」
車掌の声がして、私たちを乗せた７０００形が終点の上野駅前へと走りだす。西郷さんの銅像の下のカーブに差し掛かると、手を振り続ける男の人の姿は見えなくなってしまった。

という、夢を見た。

ん？　どこからだ？

まばたきを繰り返してから、体を起こす。ホテルのベッド。

待てよ。順番に振り返ろう。電車はガード下をくぐって上野の駅前まで行った。下谷の方に行く系統に乗り換える途中、豊橋の駅ビルでおいしそうなあん巻きを買った。それから21系統の都電に乗って、コンビニにお茶を買いに行った。で、ホテルに戻ってからあん巻きを一つずつ食べた。ん？　んんっ？

ベッドから降りてごみ箱を覗く。あん巻きが二つ入っていたプラスチックの容器が、たしかにそこにある。店の包装紙と、きのうの日付のレシートも。

ということは、都電が夢で、あん巻きが現実か。寝起きだから寝ぼけてるのかな。それにしても妙な夢だった。電車の屋根の上でスパークする火花とか、快適とはいえない乗り心地とか、煙草の匂いとか、あのモーモー音とかが、まだ生々しく体に残っている。

伸びをしてから窓に目を向ける。遮光カーテンの隙間から、外の光が射し込んでいた。もう朝か。

枕元の薄暗がりに目をこらす。目覚まし時計の表示を見て、膝から力が抜けそうになった。九時半。

「おばあちゃん、起きて！」

熟睡していた祖母を起こしてカーテンを開ける。薄曇りだけど、太陽がもうだいぶ高い位置まで昇っていることは雰囲気でわかった。

「あらあら、もうこんな時間」

寝ぐせだらけのおばあちゃんが、皺だらけの手で目をこすった。

あわてて支度をして、起きてから三十分で私たちはホテルを出た。決められたチェックアウトタイムはもっと遅かったみたいだけど、のんびりしてはいられない。十一時過ぎの新幹線が来るまでに、元都電７０００形のモ３５００形に乗らなければ。

駅前のペデストリアンデッキを小走りして、上から路面電車のホームを覗き込む。停車していたのは「モーッ」と鳴らないタイプだった。あわててエレベーターに飛び乗る必要はとりあえずないとわかって、ほっと息をつく。

「そんなに急いで。転んだらどうするの」

おばあちゃんが、苦笑いしながらゆっくり追いかけてきた。

「だって、都電に乗るために豊橋に来たんじゃん」

目覚ましを掛け忘れていた自分が不甲斐なくて、声が刺々しくなってしまった。そんな私をなだめるように、おばあちゃんがベーカリーのレジ袋を持ち上げてみせる。

「とりあえず、電車待ちながら朝ごはん食べようか」

そんな気分じゃなかったけど、私が食べなかったらおばあちゃんも食べにくいだろう。

駅前大通りを見下ろせる場所にベンチがあったことを思い出して、そっちに移動する。まだ八月だけど、今は雲が太陽を隠してくれているので暑くはない。

芝生が敷き詰められた軌道敷を睨みながら、デニッシュに齧りついてコーヒー牛乳を飲む。目は線路に据えつつ、頭は時間計算に使う。新幹線の出発まではもう五十分しかないから、路面電車の終点まで行って折り返してくるのはむずかしい。片道十五分の場所あたりで引き返してくるのが安全だ。おばあちゃんを終点まで乗せてあげられないのがくやしい。

そのおばあちゃんは、朝の街を見回しながらベーグルを頬張っている。

「なんだか、ピクニックみたいね」

口元を手で隠しながら、呑気なことを言う。

モーッと鳴らないタイプが駅前を出発すると、入れ違いに最新型の三輛編成が豊橋駅前にやってきた。目当ての電車じゃないことにがっかりしながら、私は別のことも考えていた。今は想像がつかないけど、あのピカピカの電車もいつかは誰かのなつかしい思い出に変わっていくのかもしれない。夢の中で乗ったあの７０００形だって、一九五〇年代にはきっとピカピカの新車だったんだから。

食べ終えたデニッシュの包みをレジ袋に押し込んでいると、駅前大通りの先からあのモーッという吊り掛け駆動の音が聞こえてきた。おもわず立ち上がってしまったけれど、来たのは三枚窓のチョコレート電車だった。

「お前じゃないよ」

きのうさんざん楽しませてもらった電車に憎まれ口を叩いて、ベンチに座り直す。

低い唸りに耳を澄ませていたおばあちゃんが、私に問いかけてきた。

「あの音、あと何年聴けるんだろうね」

少し考えてから、私は答えた。

「わかんないけど、もし今日乗れなかったら、またいつか乗りに来ようよ」

だからおばあちゃん、元気でいてね。

そう続けたかったけど、照れくさくて無理だった。

「そうね。来年にでも乗りに来よう」

近い未来に思いを馳せて頷くおばあちゃんに隠れて、携帯電話の時間をたしかめる。

十時二十分。新幹線は十一時二分発。もう時間がない。チョコレート電車の次がラストチャンスだ。７０００形が来たら乗って、最初の停留場で引き返してこよう。それ以上遠くへ行くのは無理だ。

焦りをつのらせる私のそばで、おばあちゃんはふいにバッグを漁りはじめた。出てきたのは、電車と船の写真が印刷された薄いパンフレット。表紙に〈豊橋・渥美半島・鳥羽　おトクにフェリー旅〉と書いてある。

「電車とバスと船がセットになった割引切符があるんだって。ロビーで冊子もらってきちゃった。来年行くんなら、都電に乗ったら次の日は船で伊勢湾を渡って、水族館に行くのもいいし、伊勢神宮まで足を延ばすのもいいわね。となると、最低でも二泊はしないと」

私がチェックアウトの機械をおっかなびっくり操作している間におばあちゃん、次回のプランを考えていたとは。

「伊勢神宮もいいけどさ、出発の前の晩はしっかり寝るんだよ。寝不足だとしんどいから」

雲の切れ間から、陽が射してきた。

孫にたしなめられておかしそうに笑っていたおばあちゃんが、駅前を離れていくチョコレート電車に目を落とす。

「美羽には心配させてばっかりだね。あのときも美羽が腕を摑んで引き止めてくれなかったら、来年の話なんてできなかったかも」

「えっ?」

どういうことだろう。おばあちゃんも同じ夢を見ていたっていうこと? それとも、あれは夢じゃなかったの?

おばあちゃんの言葉を待ったけど、続きはなかった。

ラストチャンスと決めていた電車が、豊橋の街を走ってきた。モーッとは、鳴らないタイプ。

顔を見られなくて、私は電車を目で追いながら告げた。

「ごめん、おばあちゃん。もしこの次に７０００形が来ても、もう乗る時間がない」

おばあちゃんが、私の視界の端で頷く。

「そう。でも、ここでこうしてるの気持ちがいいし、新幹線の時間まで路面電車を見るだけでも見ていかない？」

「うん」

来年の話ができて少し気が楽になった私は、素直に頷くことができた。

それにしても、「来年の話なんてできなかったかも」ってどういう意味だろう。やっぱりあれは現実だったのか。だったら、上野公園の停留場で降りていたら、おばあちゃんはどうなっていたんだろう。あの黒縁眼鏡の青年は、もしかしたらおばあちゃんにお別れを言いに来たってこと？

おばあちゃんの皺のない腕を取った手を見つめて考えている間に、ラストチャンスの電車は駅前を出発していたらしい。

その次にやってきた電車が発する音が、遅い朝の豊橋の街に響く。

モーッ
きのうパスした、元都電の空色電車だった。夜の１系統で耳にしたのとそっくり同じ、吊り掛け駆動の重厚な音。

「美羽」

陽射しを浴びながら近づいてくる電車を見つめたまま、おばあちゃんが私の名前を呼ぶ。

「うん？」

視線が合った。二十歳の娘のような、いたずらっぽい目。

「たしか新幹線は、乗り遅れてもその日のうちの自由席なら乗っていいのよね？」

そうだ。そうだった。自分で説明したのに忘れてた。

「じゃあ、指定席予約した新幹線は——？」

「パス！」

おばあちゃんと私はベンチから立ち上がると、まっすぐ路面電車のホームに向かった。

名島橋貨物列車クラブ

貨物列車の思い出

原（はら）颯太（そうた）

僕と松尾（まつお）君の日課。それは、鉄橋を渡る貨物列車を見ることです。

真冬と雨の日、そしてクラブ活動がある日や六時間授業の日をのぞいて、僕と松尾君は学校から帰宅したらさそい合って名島橋（なじまばし）に行きます。家の近所にある名島橋は、多々良川（たたらがわ）の河口の近くにあるとても長くて広い橋です。

橋の上流側にはＪＲや西鉄の鉄橋が並んでいて、橋から見て一番近くには貨物列車専用の鉄橋があります。鉄橋は名島橋よりも少し高くなっているので、橋にいる僕たちからはやや見上げる形になります。

貨物列車の鉄橋は「ガーダー橋」といって、鉄骨で線路の周りをおおっていない、簡単な構造の橋です。体育館にある平均台に似た感じで、細い橋の上を貨物列車がゆっくり走る様子を見ると、もしも強い横風が吹いたら川に落ちるんじゃないかと少しハラハラします。でも落ちたところは見たことがないので、たぶん大丈夫なのだと思います。

橋と鉄橋の間は約十五メートルから二十メートルくらいしかはなれていないので、緑色の鉄橋の上を長い貨物列車が「ガタンゴトン」と走る姿は、かなりはく力があります。僕たちが名島橋に行くのは放課後なので、列車はなめ後ろから夕方の日ざしを浴びて明るく光ります。

貨物列車はふつうの電車と比べて運転される列車の数がとても少なくて、上りと下りを合わせても一時間に五本くらいしか走りません。でも、待たされる分、列車がやってきたときのうれしさは格別です。

僕と松尾君は貨物列車が走る姿を見上げながら、学校での出来事や将来の夢などをよく話します。

四月からは中学生になりますが、これからもときどき貨物列車を見に行きたいと思います。

やっぱり続きを書きます。

提出したあの文が卒業文集に乗るのがどうしても気持ち悪いからです。文章が変に優等生っぽくて僕が書いたものじゃないみたいだし、ちょっと事情があってウソもいくつか書きました。僕は、そんなものを小学校ラストの作文にしたくありません。だから勝手に続けます。

でもここから先は白石先生には提出しません。原こう用紙2枚のリミットを余ゆうでオーバーするし、先生には読ませられない本当のことや本音も書きたいからです。

「貨物列車の思い出」は、先生が「一生残るものだからちゃんと書こうね」と言うからたくさん書き直したけど、そのせいで本当のことからだいぶ遠い変な文になったと思います。

僕は作文にはちょっと自信があります。なぜなら、春休みの神戸旅行を書いた文が福岡市の児童文集に乗ったこともあるからです。そのときは「旅行の楽しさと久しぶりにお父さんに会えた喜びが、ノビノビ素直に書かれています」とほめられて、それが僕の持ち味だと思っていたのに、卒業文集では先生にテッテイ的に直されて、ノビノビ素直な持ち味が消えてしまいました。

変な文に直させられたのは僕だけじゃなくて、小林もやられたと文句を言ってました。文の中で「教頭先生が言いました」と書いたら「教頭先生がおっしゃいました」に書き直しなさいと白石先生に何度も注意されて、小林は「『おっしゃいました』なんて一度も使ったことがないです」ってかなりテイコウしたけれど、最後は先生のしつこさに負けたとくやしがっていました。

僕も「おっしゃいました」は変だと思います。小学6年生が使う言葉っぽくありません。もっと大人の人が言うんならわかります。

たとえば白石先生が教頭先生のおそう式で泣きながら「あのとき教頭先生は私に『あなたには2組をまかせます』とおっしゃいました」とスピーチするんならふつうな感じがします。でも小6の小林が使う言葉としては不自然です。

もしもこの文を提出したら、先生はたぶん「小林」も「小林君」に直させるでしょう。「君」をつけたほうが正式な感じがするからです。でも僕はいつも「小林」と呼び捨てにして遊んだりふざけ合ったりしていました。「君」をつけるのは、正式だけどよそよそしい感じがします。いま小さな声で「小林君」とつぶやいてみたら、気持ち悪さに背中がゾワゾワしました。「松尾君」も、気持ち悪い呼び方です。僕はあいつのことは「塁人」と下の名前で呼んでいます。幼ち園とかのころは「ルイちゃん」だったけど、小学校に入ったころくらいからはずっと「塁人」です。みょう字プラス君づけで「松尾君」と呼んだことは一回もありません。お母さんが「ごっはーん」と呼んでいるので今日はここまでにします。字をたくさん書いたのでつかれました。カレーのにおいがします。

ゆうべのカレーライスはとてもおいしかったです。僕が好きな鳥肉がたくさん入っていたからです。ルーがいつもとちがうらしくて、小2の妹は「からい」と文句を言っていましたが、小6の僕にはちょうどよく、おかわりもしました。

なぜカレーのことを書いたかというと、作文の書き出しに僕はいつもすごくなやむタイプだからです。映画かん賞会とか社会科見学の感想文も、最初の一行を書き始めるまでに何分も時間がかかって、授業中に提出できなくて毎回宿題になってしまうくらいです。だからカレーで助走をつけてみました。

今はもう1月で、学校行事もあとは卒業式くらいしか残っていないので、遠足の感想文を白石先生に提出したり、社会科見学の観光バスに2組のみんなと乗ったりすることももうないんですね。そう思うとさびしいです。

そんなことを考えながらきのう書いた分を読み直してみたら、「自分もちょっと不自然なことを言ってるな」と感じました。「小林君」とか「松尾君」と呼ばないのと同じで、僕は自分のことを「僕」とは呼びません。では何と呼んでいるかというと、「おれ」です。

でも、口で「おれ」と言うときは気にならないけど、文で「おれ」と書くと、なんとなく乱暴な感じがするし、僕のキャラに合ってない感じがするので、「僕」で続けます。

それから、「です」という標準語も、授業で先生にさされたときくらいしか言いません。ふだんは博多弁で「ナニナニやけん」とか「ナニナニね」とか「ナニナニと?」と言っています。ただ、博多弁も文にするとちょっと読みにくそうなので、ここでは標準語で「です」と書きます。

つまり、この文では「僕」と「です」はセーフです。でも「おっしゃいました」はぜったいにアウトです。そこはゆずりません。「松尾君」も「塁人」です。

塁人は僕の幼なじみです。

先生も、2組のみんなも知っているように、塁人はリアクションが独特です。反応がうすかったり、なかったり、ほかの人ならすぐに伝わることが伝わらなかったり、正直すぎて思ったことをそのまま言ったりします。

タッツンなんか、塁人に「見たことがないくらい鼻の穴がでかいね」と言われて「心が張りさけそうだぜっ」という名言を残してみんなを笑わせましたが、あとでけっこう落ち込んでいました。

でも、僕たちは昔からずっと仲よしでした。家がとなり同士で同い年なので、自然と仲よくなったんだと思います。2年生くらいまではよくプラレールで遊んだり、画用紙に絵を書いたり、泊まりっこをしました。

しかし3年生ぐらいから、僕は塁人と遊ぶのがちょっとつまらなくなっていきました。じょう談とかを言っても塁人はあまり笑ってくれないし、僕がもうとっくにあきた電車のビデオを何回もくり返して見るし、僕がそばにいても本をずっと読んだりするからです。それよりも、ウッチーとか大ちゃんとかとゲームやサッカーで遊ぶほうがずっと楽しかったのです。

今日は煮魚らしいです。あーあ。

煮魚は、お父さんに「うまかよ」と進められて目玉の周りのドゥルッとしている部分を食べてオエッとなってから苦手になりました。まだ単身ふ任に行く前だから、5年生になる前だと思います。

5年生になるときにクラス変えがあって、僕と塁人は白石先生の2組になりました。塁人と同じクラスになるのは、考えてみたらそれが初めてでした。

4月の最初のほうの、まだ短縮授業だったときに、先生は塁人を黒板の前に呼んで、ちょっと転校生みたいな感じでみんなに紹介しました。

くわしい話の内容はもう覚えていないけど、先生は「みんなが一人一人ちがうのと同じで、松尾君も少しちがいます。でも同じクラスの仲間です」みたいなことを言った気がします。

話がずれるけど、やっぱり小林は正しいと思います。「おっしゃった気がします」よりも「言った気がします」のほうが、まだギリギリ小学生の僕たちには似合います。実際に書いてみてそう思いました。

話をもどします。先生は文集の文にはとても厳しくて、言葉の感覚が小学生とは合っていないけれど、まだけっこう若いわりにはクラスをまとめるのがうまかったと思います。

先生が最初にみんなによく説明したから、塁人が体育の授業でやる気を出さないことを先生があまりしからなくても、塁人がそう除をちゃんとやったとかの当たり前のことで先生がオーバーにほめても、クラスから不満が出ることがなかったんだと思います。

それと、大きなターニング・ポイントは、5年生の2学期が始まってすぐのことだったと思います。

よそのクラスのやつが塁人をからかってるのを見て吉本がキレてケンカになったときです。塁人は体が小さくて運動も苦手なので、いじわるなやつにからかわれやすいのです。

クスクス笑われたりするのはそれまでにもあったけれど、ほうきの持つ所でおしりをたたいたのを見たら、吉本だけじゃなくて僕の怒りも一しゅんでＭＡＸになりました。ＭＡＸにはなったけど、僕はビビッて何もできませんでした。

「ケンカ両せいばい」ルールで相手だけじゃなくて吉本も学年主任の遠藤先生におこられたけど、あの事件のおかげで完全にクラスが一つになった気がします。カミがボサボサになってＴシャツの首が伸びた吉本は、すさまじい見た目だったけどとてもカッコよかったと思います。一方、ただ周りでワーワー言っていただけの僕は、いま思うととてもカッコ悪かったと思います。

塁人はというと、自分のために戦ってくれた吉本にお礼も言わず、しかめっ面でずっと耳をふさいでいました。それが塁人の個性なんだからしょうがないとはいっても、ちょっとフに落ちなかったです。

吉本は体が大きくて気が強くて、目つきもするどいのでちょっとこわい感じだったけど、あの事件をきっかけに本当は心のやさしい男なんだなあと見直しました。

まあ今のは、半分以上吉本へのお世辞です。カッコよかったのは本当だけど、もうすぐ卒業する今になっても僕の中ではまだ「やさしい」よりも「こわい」という印象のほうが強いです。吉本とは同じ中学に進学しますが、できればちがうクラスになったらいいなと思います。

なんだか情けなくなってきたので、まだ夕飯の時間じゃないけど今日はここまで。


本人に読まれないから書くけれど、あのときは白石先生もけっこうカッコ悪かったです。

なんで吉本がキレたかの理由をちゃんと聞かないで、禁止されているケンカをしたというだけでおこったのは一方的だったと思います。先生がちょっと泣いていたのを見て吉本はあやまったけど、あれはケンカをしたことじゃなくて先生を泣かせたことにあやまったんだと思います。

ちなみにきのうの夕飯は焼きそばでした。

ケンカの収め方は下手だったけど、先生がうまいのは、僕たち生徒のキャラをうまく使った点にあると思います。

戦闘力が高い吉本が村を守るゴーレムみたいなポジションで、戦闘力がザコの僕は、幼なじみということもあってなんとなく「塁人のよき理解者」みたいな感じになりました。

先生が気づいていたかは知りませんが、クラスの係を決めるときも、体育の授業でも、自然教室の班分けでも、僕と塁人が一緒のチームになるように先生がさりげなく持って行ったことはわかっています。

今だから書くけど、正直言って僕は不満でした。「貨物列車の思い出」の書き直しをさせられたときよりも不満に思いました。

僕だってタッツンとかと帰りたい日もあるのに、毎日塁人と一緒に帰るやつみたいなポジションになって、損をさせられている気がしていました。からかわれやすいやつと一緒に行動するのがはずかしいとも感じていました。

今日はきのうの半分くらいしか書いてないけど、夕飯の時間になりました。1月なのに春が来たみたいに気温が高く、4時半すぎまで貨物列車を見ていたせいで書く時間が短くなりました。

明日からはまた寒くなるそうです。


「卒業文集に乗る」ではなくて「載る」。

「絵を書いたり」ではなくて「描いたり」。

「『うまかよ』と進められて」ではなくて「勧められて」。

「クラス変え」ではなくて「クラス替え」。

電子辞書で調べたらそうなっていたので、てい正します。

電子辞書はこの前の冬休み、お父さんが神戸のアパートに帰る日に博多のヨドバシで買ってくれました。妹はパティシエごっこのけっこう本格的なセットを買ってもらってはしゃいでいました。でもそのあと新幹線のホームでめそめそ泣いていて、僕もつられて泣きそうになりました。

それでもなんとか我まんできたのは、僕まで泣いたらお母さんにプレッシャーがかかると考えたからです。お父さんが単身ふ任に行ってから、お母さんは戸じまりをものすごく気にするようになりました。たぶん、大人の男が家の中にいないのが心細いんだと思います。だから僕は、なるべく負たんをかけたくないと思ってこらえました。

今、これを書いていて「ん？」と声が出ました。

ただの想像だけど、塁人を守ろうとして吉本がケンカをしたときに白石先生がちょっと泣いたのは、先生もプレッシャーを感じていたからなのかもしれません。

悪気はなくても人とトラブルになりやすい塁人をクラスにとけ込ませようと毎日がんばっていたら、その気持ちを受け止めすぎた生徒がほかのクラスの生徒とケンカをしてしまった。だから先生の中で責任感とかガッカリ感がごちゃごちゃになって、つい泣いてしまった。

これはただの想像なので、本当はどうだったのかは知りません。ただ、「けっこうカッコ悪かった」と書いたのは取り消します。

入力がちょっとめんどうだけど、電子辞書は使ってみるとけっこう便利です。お父さんは「これを使いこなせるようになったら颯太の世界もぐっと広がるばい」と言ってましたが、本当にそうかもしれません。これからはインストールされている生物事典で「ヤドクガエル」とかを調べるだけじゃなくて、この文に書く漢字を調べるのにも活用したいと思います。

御影石。

「みかげ」をどう書くか知らなかったので、さっそく調べてみました。名島橋はらん干が白い御影石で飾られていて、晴れた日はなかなかきれいです。

日本海縦貫線。

「じゅうかん」も、どう書くか知らなかったのでついでに調べてみました。塁人がよく使う言葉の一つです。僕たちが毎日見る貨物列車の中には、日本海沿いの線路を通って北陸や東北、そしてなんと北海道まで走る列車があるそうです。そのルートを日本海縦貫線と呼ぶのだそうです。

名島橋は「撮り鉄」の人たちにけっこう知られている撮影ポイントらしくて、こういった専門用語のいくつかは塁人が貨物列車を撮影に来た人たちから聞き出しました。

人見知りが激しいのに、「知りたい」となったら相手が高校生ぐらいのグループでも、自分のお父さんよりも年上っぽいおじさんでも話しかけてしまうのが塁人というやつです。僕にはそんな勇気はありません。塁人の後ろで愛想笑いを浮かべて、塁人が相手を怒らせるようなことを言いださないかとオロオロしているのがせいいっぱいです。

オロオロするのは話すときだけではありません。橋の歩道には何か所か半円形の出っぱりがあって、そこに立てば歩行者のジャマにならずにゆっくり景色をながめられるようになっています。

塁人はその出っぱりに立って貨物列車を観察するのが大好きです。大好きどころか、その場所でないと気が済まないのです。

ゆっくり景色を眺められるミリョク的なポイントは、撮り鉄の人たちにとってもゆっくり撮影できるミリョク的なポイントです。だからたまに、ちょっとした場所の取り合いのようになったりもします。ため息をつかれるのはまだいい方で、聞こえるように舌打ちをされたこともあります。そういうときは僕はすっかりオロオロしてしまうのですが、塁人は振り返りもしないで貨物列車が通るガーダー橋を見つめるばかりです。度胸があるのではなくて、人の気持ちを想像するのが苦手なのです。

そういう個性のおかげでもっとひどいピンチになったこともあるけれど、そのエピソードについては書けたら書きます。けっこうなキョーフ体験だったので、書くとしても心の準備が必要なのです。

そんな具合でトラブルに巻き込まれそうになったりするし、冗談は通じにくいし、腹が立つこともあるのに、僕はどうして塁人と毎日のように貨物列車を見に行くのでしょう。

その理由は、大きく分けて三つあります。

一つめは、塁人ほど熱心ではないけれど、貨物列車を眺めるのが僕もけっこう好きなこと。赤と灰色の大きな電気機関車がうなりを発しながら橋を渡る様子は、とくに鉄道が好きなわけではない僕から見てもはく力があってカッコいいです。機関車は後ろにコンテナ車を何十両もひいていて、機関車が橋を渡りきっても一番後ろの車両はまだまだ橋の手前を走っていることがほとんどです。塁人がネットで調べたり撮り鉄の人に聞いた情報では、コンテナの合計の重さは最大クラスだと1300トンもあるそうです。ものすごいパワーです。

二つめの理由は、塁人が僕を選んだこと。

人見知りが激しくて人付き合いが苦手な塁人ですが、僕と一緒にいるのは気にならないみたいです。たとえば急に予定が変わってパニックになりそうになっても、僕が「深呼吸しよう」と言うと落ち着くことが多いし、自分の部屋に呼んで、大切にしている鉄道コレクションをさわらせてくれたりもします。べつに僕がクラスのほかのみんなよりすぐれているわけではなくて、お互いのことを小さいころからよく知っているし、僕の家族みんなと仲がいいから、半分くらいファミリーみたいに感じているのかもしれません。

三つめは、ちょっと書きにくいので明日書きます。

三つめです。

こういうことを書くとすごく嫌味な感じだけど、どうせ誰も読まないんだから書きます。

僕は「塁人のよき理解者」というポジションを自まんに思っていたんだと思います。塁人からの信頼が学校の中でも一番あって、ときどき先生たちからも頼りにされる立場は、なかなか気分がいいものです。

スポーツも勉強もふつうの成績で、クラスの中でも目立たない存在なのに、誰も真似できない特技が一つあると、ぴったりな言葉を電子辞書で探します。

見つかりました。

エゴが満たされる。

こうして書くと3行で解決したみたいに見えるけれど、ぴったりな表現を見つけるまで20分かかりました。

誰も真似できない特技が一つあると、エゴが満たされるんだと思います。ほかの友だちと遊んだり一緒に帰ったりするよりも、「塁人のスペシャリスト」として認められてエゴを満たされる方が僕はうれしかったのです。

この文のどこかで「塁人よりもほかのみんなと遊んだり帰ったりしたい日もある」と本音を書きましたが、「塁人といるほうが、ほかのみんなといるよりエゴが満たされて気分がいい」というのも本音です。本音の奥にあるもう一つの本音です。

想像したとおり、すごく嫌味な感じになりました。「卒業文集には本当のことや本音を書かせてもらえなかった」ということもこの文の最初の方で書きましたが、本当のことや本音の奥の本音まで書くのは思ったより大変です。

自分の嫌な所を見つめたらとてもつかれたし、原こう用紙のストックがもうないので、短いけれど今日はここまで。

大変なのは、手書きで長い文を書くこともそうです。頭と右手の両方がすごくつかれます。

また、わからない漢字やうろ覚えの漢字を電子辞書で調べるのは簡単だけど、それを手で原こう用紙に書き写すのは簡単ではありません。ものすごくめんどうです。

パソコンで書けばきっと楽なんだと思いますが、リビングのノートパソコンを僕の部屋に持ち込むのは禁止されているし、もしお母さんに中身を読まれたら、僕はきっと恥ずかしさのあまり2、3日寝込むでしょう。早く自分専用のパソコンを持てる年令になりたいです。

ただ、最近のお母さんは機嫌がいいです。それは、僕が学校から帰ってくるとゲームもせずに部屋で勉強している（と思っている）からです。

お父さんもゆうべ電話をかけてきて「お母さんから聞いたばい、颯太えらかね。中学生になる自覚が出てきたんやね」とほめてくれました。親をだましているみたいな感じで悪い気がしたけれど、そもそも僕は「勉強をしている」とは一言も言っていないから、あやまる必要はとくにありません。だから、「まあね」と答えておきました。

だけど、もし勉強以外のことをしていることがバレても、お父さんもお母さんも怒ったりはしないでしょう。それどころか「こんなにたくさん文章を書けるなんてすごい」とほめてくれる可能性が高いです。ほめられても怒られても僕は2、3日寝込みますが。

この文を書いていてだんだん思い出してきたけど、小さいころ、塁人ともめて僕がイライラしているときとかに、お母さんとお父さんは「颯太はルイちゃんにいつもやさしくしてえらかね」とほめてくれたものでした。

お母さんは元幼ち園の先生だから子供が大好きだし、お父さんも塁人の「どうして男はヒゲが生えるの？」とかのソボクなギ問をじっくり聞いて本で調べたりしてあげるような人なので、塁人もなついている様子でした。そういう姿を見てきたから、僕は「塁人のよき理解者」になったんだと思います。

土曜日の今日は学校が休みなので、「塁人のよき理解者」も基本的に休みです。だから家でのんびりしていようかとも思ったけれど、午前中におおたき文具に行って原こう用紙を買ってきました。おおたき文具は通学路から外れた、名島橋の近くにあります。

通学路の話が出てきたことだし、今日は「貨物列車の思い出」の嘘を暴きます。

「僕と松尾君は学校から帰宅したらさそい合って名島橋に行きます」と書いたけど、嘘です。本当は下校の途中で寄り道をして貨物列車を見ています。

学校を出て海側に進むとＪＲや西鉄の線路の下をくぐる地下道があって、僕たちの通学路はその地下道を通りぬけた先にある歩道橋を渡ることになっています。でも、僕と塁人は歩道橋は渡らずに国道を南に進んで、名島橋に寄り道しています。だから「貨物列車の思い出」の最初の部分は嘘です。

ただ、はっきりさせておかなければならないのは、この嘘は先生に書かされたのではないということです。僕が自分で考えて、いったん帰宅してから名島橋まで行っているという風に話を変えました。なぜそうしたかというと、ルール違反をしていることを一生残る卒業文集に書くのはまずいと判断したからです。

ただ、あの文にはまだ二つめの嘘と三つめの嘘があります。

その前にちょっと休けい。

あーっ、「嘘」って漢字で書くのめんどくさか！　無理せんでカタカナで書いとけばよかった！

さて、二つめの嘘。それは音です。「貨物列車が『ガタンゴトン』と走る」と書いたけれど、鉄橋を走る貨物列車はそんな音は出さないのです。橋の材質のせいか、ふつうの砂利の場所を走るのとはちがう音がします。聞こえるとおりに文字にすれば、それは「ガタンゴトン」ではなく「ダシンダシン」です。

僕は最初、卒業文集にそのとおりに書きました。でも、「『ダシンダシン』だと読む人にはちょっと伝わりにくいよね」と先生に言われて「たしかに『ガタンゴトン』の方が電車の音っぽいな」と考えて直してしまいました。でも今は後かいしています。実際に聞いてみれば、ぜったいに「ダシンダシン」の方が本物に近いとわかるはずです。

本物が「ダシンダシン」と鳴っているのに、読む人がイメージする音に表現を近づけるのは何かが足りないと思います。その「何か」がうまく言葉にならないので、ここでちょっと電子辞書タイム。

リアリズム。

電子辞書は本当に便利です。「貨物列車の思い出」で嘘を書かされたので、この文では僕はリアリズムを大事にしたいと思います。

じつはさっきから何度かお母さんに「ごっはーん」と呼ばれています。でも返事をしないでいたら、お母さんの命令を受けた妹が部屋に入ってきて「ごはんごはんごはん」とくり返して一階に降りて行きました。

原こう用紙に気づかれなかったのはラッキーでした。いつまでも注意力のない妹でいてほしいものです。

「貨物列車の思い出」の、三つめの嘘を暴きます。

「僕と松尾君は貨物列車が走る姿を見上げながら、学校での出来事や将来の夢などをよく話します」

これは嘘だし、読み直してみたらものすごく恥ずかしいです。

学校で起こったことは話すけれど、「将来の夢」なんて一回も話したことはありません。ではどうして「将来の夢などをよく話します」と書いたかというと、先生のプレッシャーに負けて卒業文集っぽいことを書いた方がいいかなと思ったからです。

実際は、塁人は電車のこととか、ホークスの選手の成績のこととかをものすごく細かい数字をまぜながら話し、僕はゲームのこととか、おもしろい動画のこととか、あとは、ホークスの誰が打ったとか誰が打たれたとかの話をものすごく大ざっぱな数字をまぜながら話すことが多いです。こんな具合で、お互いわりと自分の言いたいことを言うスタイルです。

ただ、僕の作文が福岡市の児童文集に載るのが決まったときはふん囲気がちがいました。塁人が「すごかね！　颯ちゃんすごかね！」と、その日は貨物列車を観察するのも忘れるほどよろこんでくれたのです。あれはうれしかった。

これで嘘を全部暴けたし、本当のこととか本音も書けたので、この「貨物列車の思い出」の長い長い続編は終わりにしたいと思います。


と思ったけど、やっぱり続けます。書いているうちに気づいたことがあるからです。

気づいたのは、文章でつく嘘には二種類あるということです。

それは、事実とちがうことを書く嘘と、事実を書かない嘘の二種類です。

僕は、事実を書かない嘘もついていました。「貨物列車の思い出」にはもう一人の登場人物がいるはずなのに、僕は書きませんでした。つまり、四つめの嘘です。

それから、畧人に付き合って橋まで貨物列車を見に行く理由にも四つめがあったのに、そのことについても書かないで済ませようとしていました。

この四つめの嘘と四つめの理由には、一人のクラスメイトが関わっています。6年2組出席番号1番・伊藤萌香(いとうもえか)さんです。伊藤さんも5年生の秋からの1年間は毎日のようにあの橋の上にいたのに、いなかったことにするのは嘘としかいいようがありません。ちなみに、僕は実際には「伊藤」と呼び捨てにしているけれど、「さん」をつけた方が彼女のふん囲気に合っているので、ここではさん付けで書きます。

伊藤さんについての僕の本音を書くのは、ものすごく恥ずかしいです。この原こう用紙を誰かに見られたら、2、3日どころか2、3週間は寝込むでしょう。ただ、恥ずかしさを耐えてでも書いておきたいという気持ちもあります。「事実を書かない嘘」をついたままなのが嫌だというだけではありません。伊藤さんのことを書かなければ、僕の小学校生活が終わらない気がするからです。

もちろん、4月になれば形としては小学生は終わりです。でも書かないままだと、カサを学校に置き忘れしてきた金曜日みたいな気持ちで中学校生活を送ることになりそうな予感がします。学校にあるカサのことを気にしながら過ごす週末は、なんとなく落ち着かないものです。それだったら置き忘れた場所までパッと伊藤さんを取りに戻った方が、すっきりと中学校に進めるんじゃないかと思います。

だから、とりあえず書いてみて、「これ以上はムリ！」と感じたらそこでやめます。

今原こう用紙をざっとめくってみてもなかなか見つからないけれど、「異人の個性のおかげでひどいピンチになったこともある」ということを、僕はこの文のどこかに書いたはずです。そして「キョーフ体験だったから書くなら心の準備が必要」という言い訳をしてごまかしたけれど、心の準備が必要なのは、そのエピソードに伊藤さんが登場するからでもあります。

心の準備ができました。

こう書くとものすごく切り替えが早い人みたいに読めるけれど、2行の間には1時間がたっています。その間に夕飯も食べました。寄せなべでした。

伊藤萌香さんとは、5年生で初めて同じクラスになりました。第一印象は「背が高い女子だなー」くらいだったはずだけど、もう2年ちかくも昔のことなのでよく覚えていません。今は僕もだいぶ背が伸びてきて、もうほとんど追いつきかけています。最近は立ち話もしていないので比べるチャンスがないけれど、もしかしたらもう追いついているかもしれません。

「背が高い」という以外の印象が薄いのは、夏休みまでは席が遠くて話すことがほとんどなかったからです。

でも2学期の初めの席替えで、僕は伊藤さんのとなりになりました。それで自然と話すようになったのですが、背の高さの次に印象に残ったのはノートの字のきれいさと、テストの点数の高さでした。どの教科でも100点なんかめずらしくないくらい勉強がよくできて、80点台だとがっかりするほどでした。80点も取れたら大満足の僕とは、5年生のときから格がちがっていました。

ちなみに塁人は興味のある算数と歴史の成績はかなりいいけど、興味がない理科とか国語はひどい出来で、バラつきが大きいです。

あれは、吉本のケンカさわぎから1か月くらいあとのことだったと思います。今考えると、激動の2学期でした。

僕と塁人の通学路の途中には線路の下をくぐる地下道があって、そこは歩行者専用になっています。自転車とかバイクも通行禁止で、降りて押さないといけないことになっています。でもそれは建前（ありがとう電子辞書）みたいなもので、実際には自転車に乗ったままサーッと通りぬける人もいます。僕はそういう姿を見てもとくに気にすることはなくて、「降りるのかったるいけん、気持ちわかるわー」くらいに思っていました。

でも塁人は、建前という考え方をよく理解していません。

いつもと同じ、学校帰りのことでした。

地下道にわんわんと話し声をひびかせながら、いつものように僕と塁人は歩いていました。すると、後ろから来た3台の自転車が、僕たちをはさむようにしてすぐ横をすごいスピードで走って行きました。本当にすぐ横で、耳に風圧を感じるくらいの至近キョリでした。きっと、カチンときたんだと思います。「ここは自転車は降りないとダメですよー」と、塁人が大きな声で大まじめに注意しました。その直後にひびいたするどいブレーキ音は、今も僕の耳にこびりついています。

「注意されたけん降りるためにブレーキをかけたとかいなー」と、僕は一しゅんだけ考えました。こういうのを「希望的観測」というのでしょう。しかし三人は自転車をターンさせただけで降りることはなく、地下道のオレンジ色の照明の中を不ゆ快そうなニヤニヤ笑いを浮かべながらゆっくり走ってきました。体の大きさからすると、たぶん中学生くらいの年令だったと思います。

「たぶん」というのは、その三人は平日なのに制服を着ていなかったからです。制服の代わりに、ツルツルテカテカのジャンパーとか真っ黒いパーカーを着ていました。どうも、中学生だけど中学校には通っていない感じです。

この時点で、僕はもう完全にビビりきっていました。

「キサン、なんやそん口のきき方は。もういっぺん言ってみ」

真ん中の人にすごまれて、正直すぎる塁人は本当にもういっぺん言ってみせました。

「ここは自転車は降りないとダメですよー」

塁人が独特なリアクションの持ち主であることを、この日ほど残念に思ったことはありません。「はあっ⁉」とか「おーっ⁉」とか「んだコラッ！」とかのイカクする声がいっせいに頭の上から降ってきて、そのうちの一人が自転車から降りて塁人に歩み寄りました。三人の怒りを買った塁人はというと、「なんか変なこと言ったかな」と言いたそうな顔できょとんとしています。

言葉を正確には覚えていないけれど、僕は「やめてください」とかなんとか言いながらプロレスのレフェリーみたいに二人の間に割り込みました。そしたら、急にターゲットが変更されました。中学生が僕のシャツのえりをつかんでゆさぶったのです。

「おいっ！」とか「うらっ！」とか言われながら、僕はあっという間に地下道の壁まで押し込まれました。コンクリートがゴリゴリ当たる後頭部はもちろんだけど、左のさ骨とかアゴも、シャツをつかんだコブシが当たってかなり痛かったです。書くのは恥ずかしいけれど、痛さとこわさで涙がちょっと出ました。

しかし、中学生のイカクはいきなり聞こえなくなりました。「ピリピリピリピリッ」というかん高くてうるさい警告音にかき消されたのです。

全員が、音のする方向を見ました。そこにいたのが伊藤さんでした。地下道を小学校側に少し戻ったあたりで、防犯ブザーを手に持って中学生たちをにらんでいました。耳の奥に突きささる警告音の中で、伊藤さんはものすごくこわい顔をしていました。どのくらいこわいかというと、マジ怒りモード発動中の学年主任の遠藤先生の数百倍レベルです。

中学生は僕のシャツから手をはなすと、おっくうそうに自転車に乗って、ときどきニヤニヤと振り返りながら地下道の外に出て行きました。

一年以上たった今なら想像できるけれど、三人は僕たちをなぐろうとまでは考えていなくて、おどしてビビらせたかっただけなんだと思います。なぜなら、残りの二人はニヤニヤしながら見ていただけだからです。そんなちょっとしたヒマつぶしくらいのつもりでいたところに、そうぞうしい警告音とともに伊藤さんがアシュラのような顔であらわれたせいで、やる気をなくしたんだと思います。

三人の姿が完全に見えなくなったのをたしかめてから、伊藤さんは防犯ブザーのピンを元に戻しました。音が消えてもしばらくの間、僕の耳の奥は「キーン」と鳴っていました。たぶん塁人もそうだったし、伊藤さんはなおさらでしょう。

僕たちのほうに歩いてきた伊藤さんは、もうアシュラ顔ではなくなってました。

「原も松尾も、大丈夫？」

そう聞いてきた伊藤さんの声とくちびるが、少しふるえていました。ものすごい顔で中学生たちをイカクしていたけれど、伊藤さんもこわかったのでしょう。その様子を見たら、僕はこの人を守ってあげたいと強く思いました。実際は、僕の方がばっちり守られたわけですが。

「大丈夫」

自分と僕の様子を確認してからそう答えた塁人の声はいつもどおりで、さっきまでのキンパク感と平然とした態度のギャップに、僕と伊藤さんはつい笑ってしまいました。

僕たちと伊藤さんが本格的に仲よくなったのは、その日からです。

それからまた席替えがあって伊藤さんとはちょっと遠い席になってしまったけれど、交流は続きました。地下道でのピンチをともに乗り越えた（というか、伊藤さんが全部解決した）ことで、連たい感が生まれたのだと思います。

ちなみに（この文、「ちなみに」が多いなあ）その後、あの中学生たちとは一度も出くわしていません。見たことのない顔だったし、あの日は遠くから来て、たまたまあの地下道を通っただけだったのでしょう。

今日はたっくさん書いた！　もう12時過ぎてる！

中学受験をする伊藤さんは、香椎にある塾まで自転車で通っています。教室が始まるのは午後4時半からだけど、伊藤さん以外のほとんどの人は4時までには塾に来て、授業の開始まで自習をします。アドバンスト・コースの人はみんなまじめで、ふざけ合ったりする人はいないし、私語も必要なときしかしません。

そんなことをなぜ僕が知っているかというと、名島橋の上で伊藤さんが話してくれたからです。あの地下道事件をきっかけに、伊藤さんは名島橋貨物列車クラブに参加するようになりました。川の近くに家がある伊藤さんは、地下道事件の前から橋の上にいる僕たちを見かけていたそうです。

ちなみに（また「ちなみに」だ……）、僕たちの集まりを「名島橋貨物列車クラブ」と名付けたのは伊藤さんです。僕も塁人も気に入ったのですぐに定着しました。

名島橋のそばのガーダー橋には、二方向から貨物列車がやって来ます。福岡貨物ターミナルを出たばかりの、関門トンネル方面に行く上り列車と、関門トンネルの方から来て福岡貨物ターミナルに向かう下り列車です。

ダイヤが乱れていなければ、まず3時半前に広島ターミナル行きの列車が右から左に橋を渡ります。ただ、この列車は月曜は運休です。その30分くらいあと、今度は反対方向から富山発の下り列車が来ます。それからだいたい10分後の4時前に、西浜松行きの長い列車が走って行きます。この西浜松行きが通過すると、伊藤さんは「ならねー」と手を振って塾に向かいます。

伊藤さんは塾で帰りがおそくなるから、ホークスの試合はほとんど見ていないそうです。「忙しくて大変やなあ」と僕が同情すると、「やけん、ナジカ部は息ぬきになると」とよく笑っていました。「ナジカ部」とは「名島橋貨物列車クラブ」の略称です。言いやすいので、僕と伊藤さんはいつからかそう呼ぶようになっていました。

ただ、塁人だけは今も正式名称の「名島橋貨物列車クラブ」を使い続けています。一度決めたらなかなか変更がきかない性格だからかもしれません。

そういう具合でかん境の変化が苦手な塁人だけど、クラブの新メンバーとはすぐに打ち解けられました。それは、伊藤さんが聞き上手だからかもしれません。もともと興味があったのか、それとも塁人に合わせたのか、伊藤さんは貨物列車のことをいろいろ質問して、どんどんくわしくなっていきました。「さっきの青いコンテナには何が入っとーと?」くらいの初歩から始まって、木枯らしが吹くころには「じゃあ、7090にこっそり乗ってしまえば、原のお父さんの所に遊びに行けるね」と列車番号まじりの冗談を言えるようになり、桜が咲くころには「おー、EH500のインバータ音、今日はよく聞こえた」と、僕がついていけないマニアックなことではしゃげるようになってしまいました。どうも頭がいい人は、どんなジャンルでも楽しむポイントを見つけるのがうまいみたいです。

ただ、伊藤さんには頭のよさをほめられるのをさけている感じがありました。僕と塁人がいくらほめても、「塾に通っとーけんテストができるだけで、中身はアホだよ」と答えて、すぐに話題を変えてしまうのでした。その理由を、6年生になったばかりの僕はまだ知りませんでした。

伊藤さんはアシュラにもなれるけれど、ふだんは親切でやさしい人です。朝読のおすすめ本を僕にいろいろ貸してくれたし、名島橋の上で塁人が熱を出してしまったときは自転車にランドセルを積んで、塾にチコクするのをカクゴで家まで送ってあげました。また、僕が転んだせいで運動会のクラス対抗リレーで最下位になってしまったときは、「全力で走れば転ぶこともあるとよ。転ぶのをこわがってスピードをゆるめるよりずっとえらかよ」と言ってくれました。

それだけではなくて、伊藤さんは僕と塁人のたん生日をちゃんと覚えていて、登校すると誰よりも先に「たん生日おめでとう」と言ってくれました。同じ言葉でも男子の友だちから言われるのとはぜんぜんちがっていて、伊藤さんに「おめでとう」と言ってもらうと耳がくすぐったくて、体もフワフワしてしょうがなかったです。ちょっと大げさだけど、「この世にたん生してよかった」と思いました。

そんなやさしい伊藤さんに僕も何かしてあげられないかといろいろ考えてみたのですが、ありません。何もしてあげられないまま卒業することになりそうです。

猛勉強して伊藤さんと同じ中学に入れれば、3年の間に何かしてあげられることが見つかるかもしれない。今よりもっと仲よくなれるかもしれないし、今は負けている身長もきっと追い越せるはずだ。

そんなことを夜中に考えたこともあったけれど、中学受験の野望は次の日には消えました。直接本人に聞いてみたら、中高一貫の女子中を目指していると教えてくれました。女子だけしか入れないのでは、猛勉強のしがいがありません。もしそことすべり止めが不合格だった場合は僕たちと同じ市立中に通うことになるそうだけど、僕は伊藤さんの失敗を願うほど嫌なやつではありません。まあ、本音では同じ中学になれたらいいなとは思っているけれど。

もう1月の下じゅんだからそろそろ結果が出ているはずだけど、どうなったのでしょう。伊藤さんは10月からナジカ部に来られなくなってしまったし、結果を知るのがちょっとこわいので、まだ聞けていません。


合格したそうです。

きのう発表があったそうで、今日の休み時間に本人がこっそり教えてくれました。

短い立ち話をしただけだからくわしいことはよくわからないけど、冬休み明けの第一志望の試験では落ちて、そのあとすべり止めの二次ぼ集に受かったそうです。クラスでほかに落ちた人がいるかもしれないからふつうにしていたけれど、やっぱりほっとした様子でした。とにかくこれで、伊藤さんと同じ中学に進む可能性は消えました。私立は授業が多くて帰りもおそくなるから、ナジカ部に参加するのは無理でしょう。

今日はもう、何か月も前のことを頭の中で整理しながら書く気力がわきません。頭の中が伊藤さんでいっぱいです。伊藤さんだらけです。

川の水面をのぞく横顔。笑ったときだけ見える八重歯。北風にふるえる脚。ちょっと鼻にかかった声。ほんのりいい匂いがする髪。ガーダー橋を渡る車両を数える指先。かげろうがゆれる橋を下って塾に向かう、自転車の後ろ姿。

春からはもう見られません。


今度こそ書くのをやめようと思ったけれど、もう少し続けます。「伊藤さんのことを書かなければ、僕の小学校生活が終わらない気がする」なんて書いたのに、その伊藤さんが合格したショックで投げ出すなんてカッコ悪いことはできません。

だからあと一つ、僕たちにとって忘れられないあのエピソードを書いて終わりにします。別の中学に進んでも、あの秋の初めの日のことは伊藤さんもずっと覚えていてくれるでしょう。

勉強でも度胸でもやさしさでも、僕は伊藤さんにはかないません。また、電車とかホークスについての知識の深さでは、僕は塁人とは勝負になりません。でも、そんな尊敬すべき二人が僕を尊敬のまなざしで見てくれた日が一日だけありました。6年生の夏休みが終わってすぐの、児童文集に僕の作文が載ることが発表された日です。塁人の様子は前に書いたけれど、伊藤さんも「活字デビューやね！」とか「本はいつ配られると？」とニコニコしながら言ってくれたし、もちろんあのフワフワする「おめでとう」も言ってくれました。

二人がとことんチヤホヤしてくれるのがうれしくて照れくさくて、僕はガーダー橋を走る貨物列車を眺めながら「あれに乗れれば、神戸まで文集届けに行けるのになー」と、つまらない冗談を言いました。

僕の軽口に伊藤さんは笑ってくれたけれど、塁人はだまっていました。

「今日は橋に行かん」と塁人が言いだしたのは、9月の終わりくらいのことでした。「めずらしいな」とは思ったけれど、理由は聞きませんでした。塁人は定期的に診察を受けているので、そっちの用事があるのかなというくらいにしか考えなかったのです。何よりそのころの僕は、待ちに待った文集が配られてハイテンションになっていたので、塁人の様子がいつもとちがっていることに気づける冷静さなんかありませんでした。

塁人が欠席でも、僕はその日の放課後も名島橋に行きました。なぜなら貨物列車を見るのが日課になっていたし、夏のどうしようもない暑さが過ぎて、川の上は気持ちよさそうだったから、というのは建前です。本当は、伊藤さんと二人きりになれるかもしれないと考えたからです。

そして、期待どおりに伊藤さんは橋に来てくれました。僕がものすごくドキドキしたのは言うまでもありません。

「松尾は？」と聞かれて「たぶん診察」と答えたときは、べつに嘘をついているわけでもないのに目が泳いでしまいました。「えーっ」という反応が来るんじゃないかとおそれていたけれど、伊藤さんは「ふーん」と言っただけでいつものように御影石のらん干にうでを乗せました。

僕は勝手にきん張してしまってしばらくボーっとしていたので、どういう流れでそういう話になったのかはよく覚えていないけれど、伊藤さんは「原と松尾って仲よかね」と言いだしました。二人のうちの片方が欠けていたから、そういう話をしやすかったんだと思います。ちょっと照れて「まあねえ」くらいの返事をすると、「嫌いになったりせんの？」と、伊藤さんはまじめな顔で質問してきました。

「そんなのしょっちゅうったい」と僕が笑うと、伊藤さんは一緒に笑ったあとで急にだまりました。

そこにちょうど貨物列車が通りかかったせいで、会話は中断してしまいました。べつにしゃべってもいいはずだけど、列車に負けない大きな声で話せるふん囲気ではなくなっていました。

列車の音が遠ざかってしばらくしてから、伊藤さんはとても小さな声でこう言いました。

「うちは嫌われっぱなし」

この人は何を言っているんだろうと、僕はまじまじと伊藤さんを見つめてしまいました。伊藤さんがそんなことを言う意味がさっぱりわかりません。塁人は貨物列車トークができる仲間をありがたがっていたし、僕はもちろん伊藤さんのことが毎日気になって気になってしかたがありません。嫌うはずがないのです。なんだか大きなゴカイをされているような気がしてきて、僕のノドの奥からは言葉が勝手に飛び出してしまいました。

「好いとーと！　伊藤のこと」

そう口走ってから、僕はすぐに「友だちとして」と続けて、さらに「おれも塁人も」とごまかしてしまいました。言ったあとで胸のドキドキはさらに強くなって、危険なレベルに達しました。頭がクラクラして、秋の初めが一気に真冬になったような寒気におそわれました。

しかし、伊藤さんは僕と塁人に嫌われているという意味で言ったわけではなかったのでした。伊藤さんが「嫌われっぱなし」なのは、クラスの女子の何人かからなのだそうです。

「もう一年間ずっと、先生の前以外やと無視されとう」

初めて知ったことでした。ただ、言われてみると伊藤さんは学校では一人でいることがときどきあった気がします。僕たちを助けてくれたあの地下道事件のときも、伊藤さんは一人で通学路を歩いていました。いろいろな場面を思い出しているうちに、僕の胸は別の意味でまたドキドキし始めました。

「あー、居心地よかね、ナジカ部は。落ち着く」

伊藤さんは、そう言って笑いました。でもその笑い方はぎこちなくて、僕がドキドキをおさえながら言った「嫌う理由がわからん」という怒りの声よりも不自然でした。

「理由はちゃんとあるとよ。『みんなより勉強がんばっとるけん、クラスで一番くらいは当然よ』って言ってしまったと、半分冗談のつもりで」

後かいとあきらめがぐちゃぐちゃになった変な笑顔を浮かべて、伊藤さんはくちびるをふるふるさせながら説明してくれました。

たとえば僕が教室で「おれは頭がいい」と宣言しても、みんなにはギャグにしか聞こえないでしょう。でも、本当に頭がよくて成績優秀な伊藤さんが言った言葉だから、一部の女子はシャクにさわったのだと思います。しかも「半分冗談のつもり」ということは、残りの半分は本気だったということです。毎日がんばっている伊藤さんとしては、たいして努力もしないで「頭のよかねえ」といじってくるクラスメイトには言いたいことがあったんだと思います。

伊藤さんの言葉に女子たちはプライドをキズつけられたかもしれませんが、自分の言葉がきっかけで無視されるようになった伊藤さんは、もっとグッサグサにキズついたはずです。頭のよさをほめられても「中身はアホだよ」と言ってすぐに話題を変えてしまう理由が、一年間一緒に貨物列車を見ていた僕にもやっとわかりました。

僕こそアホです。気づくのがおそすぎです。アホな僕は伊藤さんの横顔とか後ろ姿を毎日見ていたけれど、伊藤さんの何も見ていなかったんだと思います。

西日に照らされたガーダー橋をにらんでいるうちにいろいろ思い出したみたいで、伊藤さんはらん干に乗せたうでに顔を押しつけると、声をおさえて泣きだしてしまいました。あのアシュラ顔で中学生たちを追い払った人がよわよわしくすすり泣くのを見ていると、僕はなんとも言えない気持ちにな

ああ！　もっとたくさん言葉を覚えたい！　「なんとも言えない気持ち」なんて言葉じゃなんにも言ってないのとおんなじばい！　あのときの気持ちを表すのにぴったりな言葉がぜったいあるはずなのに！

しばらくたって伊藤さんは顔を上げたけれど、まだしばらくは鼻をスンスンさせていました。僕の知らないところでキズついていた伊藤さんに何かしてあげたくて、でも何をしたらいいかわからなくて、迷いに迷った僕は本人に直接聞いてしまいました。

「おれにできること、ある?」

たぶん、大まじめな質問がマヌケに聞こえたんだと思います。伊藤さんはちょっとだけ笑ってくれました。

「うーん……、なかね。でも、ありがとう」

体がフワフワしない、聞いていてさびしくなってしまうような「ありがとう」でした。

今日はもう、限界。

僕たちはそのあと少し話をしたけれど、正確な言葉はもう忘れてしまいました。ただ、「今の話、松尾には言わんでね」「うん」というような話をしたのは覚えています。よくも悪くも正直でうらおもてのない塁人は、「クラスのみんなには秘密ね」とお願いすればぜったいに約束を守ってくれるけれど、安心はできません。言葉を文字どおりに受け取りがちなので、「クラスのみんな」以外の、たとえばとなりのクラスの先生とかにはポロッと話してしまう場合があるからです。

「悪気はなかよ、まったく」「知っとーよ。うちもナジカ部歴1年だし」「ベテランやなあ」と話しているうちに伊藤さんは少しずつ元気になってきたけれど、それとは別に僕は変な胸さわぎを感じていました。二人の言葉のどれかが大事なことをズバッと言い当てたような感じです。でも、その言葉がどれなのかはわからないままで、胸さわぎだけが大きくなっていきました。

やがて、右の方から貨物列車の音が聞こえてきました。西浜松行きの、伊藤さんが塾に行くアラーム代わりにしている長い列車です。列車番号は７０９０。

赤とグレーの二色にぬられた電気機関車が、ななめ後ろからの西日を浴びながらゆっくりとガーダー橋を渡り始めます。いつものことだけど、名島橋を走る自動車のそう音をかき消してしまうような音と存在感です。その後ろには、茶色や白や青のコンテナを積んだ車両がえんえんと続きます。ターミナルを出発したばかりの列車はまだスピードが出ていなくて、全力で走れば追いつけそうなほどです。

何両めかはさすがに覚えていないけれど、コンテナ車のはしのデッキの部分に、なぜか人が立っていました。初めて見る光景です。片手で手すりにつかまっているその人は、名島橋にいる僕と伊藤さんを見つけると手を振りました。塁人でした。

「えおっ!?」とか「うぞっ!」とか、そんな変な声が二人の口から飛び出しました。長袖を着てリュックを背負った塁人が、まじめくさった顔で貨物列車に乗っているのです。

目の前で起きていることがうまく理解できなくて、僕は何秒か「病院で先生に『貨物列車に乗るといいよ』って勧められたとかいなー」と希望的観測をしました。

その間も列車は進み、塁人の姿はコンテナのかげにかくれてしまいました。後ろに連結された車両がダシンダシンと音をひびかせながら走るのを、僕たちはぼう然と眺めることしかできませんでした。

　そのときです。

　ギュイイィィーーーーオォン、とブレーキ音を多々良川にひびかせて、後ろの方の車両を橋の上に残したまま列車が止まりました。きん急停止です。いつもとはちがうするどいブレーキの音に、僕はやっと我にかえりました。塁人に何かあったにちがいありません。

「大変だ！」

　そう言って列車の進行方向に走りだした僕は、すぐに伊藤さんの自転車に追いぬかれました。

「先に行ってる！」

　大きな声で叫んだ伊藤さんは、立ちこぎであっという間に走って行ってしまいました。

　自転車と比べると、人間の足は嫌になるくらいおそいです。ランドセルが背中で暴れるせいでバランスはとりにくいし、走っても走ってもまわりの景色はなかなか変わらないしで、もどかしさに泣きたくなるくらいでした。

　国道を200メートルくらい走った先で、歩道のすみに伊藤さんの自転車が倒れていました。転んだのではなくて乗りすてたことは、線路の方から聞こえてくる声でわかりました。

　ゼーゼーと息をしながら声のする方を見ると、草が伸びた土手の下に伊藤さんがいて、土手の上に向かって何かわめいていました。そこには列車の運転士らしい制服のおじさんと、おびえた顔でデッキの手すりにしがみつく塁人がいました。

　運転士さんは怒っている様子だったけれど、僕は心底ホッとしました。列車が止まったのは、たとえば塁人がデッキから落ちたとかの非常事態があったからにちがいないと思い込んでいたからです。でも、おびえてはいたけれど、塁人は傷一つなく生きていました。

「塁人！」

と叫んだ僕の記おくは、その後の20分か30分くらいの間があやふやになっています。「気が動転する」というのは、ああいう状態を言うのかもしれません。

僕たちはいつの間にか来ていたパトカーに乗せられて、警察署に連れて行かれました。その間、サイレンの音は聞こえませんでした。たぶん、僕たちが武器を持った凶悪犯とかとはちがうからでしょう。

僕たち三人は、それぞれちがう部屋で警察の人と話をすることになりました。取り調べ室でこわい刑事におどされるんじゃないかと僕はおびえ切っていたけれど、案内されたのは会議室みたいな部屋でした。

僕はその部屋で麦茶をごちそうになりながら、おっとりしたおじいさん刑事に話を聞かれました。話の細かい内容はもうよく覚えていないけれど、「友だちが列車に乗ることは知っとったと？」と聞かれたことは記おくしています。塁人の共犯者だと疑われていたみたいです。僕はできれば「知らなかったけど、塁人は悪気があってやったんじゃありません」と答えたかったけれど、おっとりしているとはいっても警察の人はやっぱりこわくて、ただ「知りませんでした」としか言えませんでした。

話はすぐに終わって、別のもっと広い部屋に連れて行かれました。そこには伊藤さんと、目を真っ赤にした塁人のお母さんと、それから僕のお母さんがいました。

僕は走り寄ってきたお母さんに「こげん、心配させて！」と両肩をつかまれてガクガクゆさぶられ、それから何年かぶりの強れつなハグをかまされました。ただ、昔はお母さんの胸とおなかの間ぐらいに顔が埋まったけれど、そのときはおでこがお母さんのほっぺたに当たる高さにあって、ずいぶんおさまりが悪い感じがしました。それに伊藤さんが見ている前でのハグは恥ずかしくて、僕は「やめてよ」と体を振ってハグ攻げきから逃げました。

それからお母さんは、おじいさん刑事よりもずっとこわい顔で僕の取り調べを始めました。しかしその質問ぜめも、まっ青な顔をした白石先生が部屋に飛び込んできて、お母さんたちとあいさつをしたりおわびの言葉を言い合っているうちにうやむやになりました。先生も僕のお母さんも涙ぐんでいたけれど、塁人のお母さんは最初からずっと泣きっぱなしで、大人もこんなにひどく泣くことがあるのかと、僕はびっくりすると同時に気の毒にも思いました。

伊藤さんのお母さんがやってきたのは窓の外が暗くなったころで、あいさつも終わらないうちに塁人が若い女の刑事さんに連れられて部屋に入ってきました。その刑事さんや僕の担当だったおじいさん刑事のおだやかな表情を見て、塁人が補どうされたり少年院に送られることはないんだろうなと、僕は直感しました。

ただ、武器を持った凶悪犯ではないといっても、貨物列車にタダ乗りしてダイヤを乱れさせるのが悪いことだというのは、塁人ももちろんわかっています。塁人はそれまで見たことがないくらいしょんぼりしていて、いつも以上に小さく見えました。

「塁人」と呼びかける塁人のお母さんの声が、不安定にゆれていました。どなりつけたいのをどうにか我まんしている様子です。「どうしてあんなことをしたと!?」

塁人のお母さんが顔を真っ赤にして塁人につめ寄ると、部屋の空気が一気に張りつめました。

「いえ、彼には彼なりの理由があったみたいですよ」

そう言って塁人のお母さんを止めたのは、女の刑事さんでした。

刑事さんに言われて、塁人は背中から降ろしたリュックをあさりました。中からは水とうとかコンビニのおにぎりのほかにカーディガンまで出てきたので、塁人が急な思いつきで貨物列車に乗ったわけではないことはすぐにわかりました。

最後にリュックから出てきたのは、シワの寄った本屋さんのレジ袋でした。ガサガサと音を立てて塁人が袋から取り出した物を見て、僕は「あっ」と叫んでしまいました。それは、神戸旅行を書いた僕の文が載っている児童文集でした。

クリーム色の表紙を見て頭をよぎったのは、僕と伊藤さんの言葉でした。

「あれに乗れれば、神戸まで文集届けに行けるのになー」

「じゃあ、7090にこっそり乗ってしまえば、原のお父さんの所に遊びに行けるね」

このときになってやっと僕は、橋の上で感じた胸さわぎの正体を突き止めました。塁人は何をするときも「悪気はなかよ、まったく」なのです。

僕は顔を上げると、塁人にたずねました。

「これ、お父さんの所に?」

塁人はうなずいて、大まじめな顔で言いました。

「ごめん。届けられんかった」

タダ乗りが悪いことだとはわかっています。ＪＲにも警察にも学校にもものすごい迷わくをかけたことも知っています。でも、僕は塁人のバカ正直さがうれしくて、ありがたくて、そして少し心配で、お母さんよりも強れつなハグを塁人にかましてしまいました。塁人は「ぐえ」と声をもらして、それからくすぐったそうに少しだけ笑いました。

ここまで書いたら、「事実を書かない嘘」がもう一つ見つかりました。

僕が塁人と貨物列車を見に行く理由は四つあると前に書いたけれど、五つでした。毎日名島橋に通っているのは、塁人が僕の友だちだからです。

塾の自習をサボっていたことが家の人にばれてしまった伊藤さんは、名島橋貨物列車クラブに参加することを禁止されてしまいました。

「まあ、受験勉強も追い込みの時期やけん、禁止されなくても今月でやめようって思っとったけどね」

９月の最後の日に、伊藤さんは御影石のらん干をなでながらそう言いました。

「うん、そうしたほうがよかね」

無理して平気な顔を作っていたけれど、僕の声は少しうわずってしまいました。

「今から追い込みで間に合うと？　もう難かん校は無理かもしれん」

正直すぎる塁人の感想を伊藤さんが「えへへ」と笑って受け流すと、列車の音が聞こえてきました。

福岡ターミナルを出発した列車はその日も長い長い体に西日を浴びながら、ゆっくりとガーダー橋を渡り始めました。

「おーい！」

伊藤さんが、ニコニコしながら先頭の機関車に向かって手を振りました。そんなことは一度もしたことがなかったので、僕も塁人もびっくりしました。

「やめり。恥ずかしか」

止めようとする塁人の手を振り払って、伊藤さんが言いました。

「あいさつしたいと、貨物列車に。うちにはこれが最後やけん」

「うおーーーいっ！」

「最後」と聞いた僕は、飛びはねながら赤と灰色の電気機関車に両手を振りました。

僕と伊藤さんの顔を見比べていた塁人も、恥ずかしがりながら「おーい」と手を振りました。

ノロノロと進んできた機関車が、橋の真ん中を過ぎたあたりのことでした。

ピイィィィーーーーーーッ
学校中のリコーダーをまとめて吹いたような警笛が、夕方の多々良川にひびきました。耳がキーンとするほど大きな音です。でも、運転士さんに伝わったのがうれしくて、僕も伊藤さんも塁人も、ますます強く手を振りました。運転士さんも、警笛を「ピッピ」と短く鳴らして返事をしてくれました。

次の日から、三人いた名島橋貨物列車クラブは二人に戻りました。

その後の伊藤さんが見事に中学受験を突破したことは、前に書いたとおりです。

そうだ！

大事なことを思い出しました。合格したことを知ってショックを受けた僕は、伊藤さんに「おめでとう」を言うのを忘れていました。短い立ち話だったので、塁人も言えていなかったはずです。

あれから何日かたったけれど、伊藤さんとは教室で会っても「プロフィール帳何人書いた？」というようなふつうの話しかしていません。

明日、チャンスを見つけて「おめでとう」と言います。塁人にも言わせます。僕が伊藤さんに言ってもらうときに感じるみたいにフワフワしてくれるかはわからないけれど、ちょっとはよろこんでもらえるんじゃないかと思います。

あ、受験は終わったんだから、こっちからさそえばもしかしたら名島橋に来てくれるかもしれません。でも、入学の準備でいろいろ忙しいかもしれません。とにかくさそってみるだけさそってみます。

その結果はまた明日。今夜もお母さんが「ごっはーん」と呼んでいます。

海を渡れば

五月十二日　川崎市民会館つつじホール　「子ほめ」まくら

一杯のお運びでありがとうございます。

えー、……川崎。

なぜ、みなさん失笑するんでしょうか。このあたりにお住まいなんですよね？　自信を持ちましょう。いい所ですよ、川崎。私は大好きです。まあ、たまに電車で通り過ぎるくらいのお付き合いしかありませんが、それでも印象深い土地です。本当にそうなんです、ええ。

同じ神奈川県でも、たとえばおとなりの横浜ですとか、えー、町田の先の、相模原なんかですと何度かお招きいただいたことがあるんですが、川崎での独演会は今夜が初とのことで（場内拍手）。

――お付き合い程度のパラパラッとした拍手、ありがとうございます（拍手）。

いやいやそんな、催促したつもりはないんですが、万雷の拍手を頂戴いたしまして。ええ、あったかいですね川崎のみなさんは！　来てよかった。ああそうだ、えー、あらためまして、匂梅（こうばい）

亭一六(ていいちろく)と申します。今夜の独演会、精一杯！　相務めまするー（拍手）。

……なんだ今の挨拶は。歌舞伎か。変な入り方になっちゃったぞ。

というわけで、高座に上がって一分で四度も五度も拍手をいただきましたが、なんでしょうね、たとえ初めての土地であっても、独演会のこのホーム感というものは本当にありがたいものですね。なにしろみなさん私の噺(はなし)を聴きに来てくださっている。まあ中には、「切符余っちゃったから付き合ってよ」なんて誘われて仕方なくいらした方もおいでかもしれませんが、まずまず関心がおありだからこの場にいらっしゃる。ありがたいですねえ。

これが、独演会でない二人会、あるいは三人会ですとか、寄席なんかですと、必ずしもこういう空気にはならないものなんです。お客さんのお目当ては別の師匠だったり、あるいは寄席という空間で落語を聴くことそのものだったりして、ちょっとしたアウェイといいますか、まずは自分のペースにお客様を巻き込まなければならない。

それでもまだ、巻き込めればいいですよ？　中には巻き込む前に時間が来ちゃって、すごすご袖に下がる日だってあるんです、恥ずかしながら。

ですから、こういった「一六の噺を聴いてやろうじゃないか」という空気が初めから出来上がっている独演会というものは、何度も言うようですけどありがたいものです。

ここに来るまで、こういう立派なホールで独演会を開けるようになるまで、いやあ、長かったー。

去年亡くなったウチの師匠の一昇(いっしょう)、ええ、「落語は一昇、海苔は三正(さんしょう)」のＣＭのおじいちゃん。

紫綬褒章。あの師匠に入門したのが二十歳になる年の正月だから、二十年以上ですか。ねえ。四国から上京して前座働きをしていた当時は、独演会なんてものは妄想することはあっても、具体的な想像はもうまったくできなかったもんです。こんなね、黒紋付の羽織なんか着ちゃって、パッと得意げに扇子なんか開いちゃったりして（実際に広げてみせる）。

……置いときましょうね。当座使わないし。

ご存知ない方のために簡単にご説明しますが、東京の落語界には封建時代ばりの階級制度が今も厳然と存在してまして、えー、下から前座、二ツ目、真打、ご臨終と、まあこのように分かれてるんですが、ウチの師匠も今ごろはそうですね、ご臨終界の若手として、レジェンド級の師匠たちにアゴで使われてるんじゃないかと、ええ。……ヘヘッ。

話をこの世側に戻しますと、たとえば今日この高座に上がった二人のうち、私はまあ、レジェンドには遠く及ばないながらも真打でして、いま「元犬」を演った梅家するめさんはというと、前座という名の人権が認められていない階級に属しているわけです。

でも、なかなかよかったでしょ？　するめさんの「元犬」。人権がないにしては。

この川崎に向かう電車の中で本人からも聞いたんですが、なんでももうすぐ二ツ目に昇進するんだそうで（拍手）。

温かい拍手をありがとうございます。当人、いま舞台袖で号泣しております。

（舞台上手袖を見て）まあ実際にはきょとんとした顔で突っ立っておりますが、そうはいっても、毎日天にも昇る心地でいるんじゃないでしょうかね。寄席で師匠方の着付けを手伝ったりネタ帳を付けたりしている間も、「俺、もういくつ寝れば二ツ目だったかしら」なんて、地に足が着かない状態でいるはずなんです。ただ、たしかに二ツ目になれば人間扱いはされるんですが、そこから人間界の苦しみというものが始まるわけで、ええ。

本人が震え上がってるんでフォローしておきますが、楽しいもんですよ、二ツ目時代というものは。お金も、社会的信用も、心のゆとりも、なーんにもないですけどね。そんな中でも貪るように映画を観て、本を読んで、日舞なんかも習って、落語を聴いて、復習って、演って、仲間とお酒もたくさん飲んで。本当に、夢だけ食って生きていける時期です。

まあ、落語家にとっての二ツ目時代がどういうものか、詳しくお知りになりたい方はですね、えー、ロビーで『チョコと金魚』という私が書いた本を販売しておりますので、仲入り、あるいはお帰りの際にでも……、我ながら逞しいな。

天にも昇る心地といえば、そのせいでしょうか、今日は私、ひとつまちがっていたら川崎に来られなかったかもしれないんですよ。というのも、上野の鈴本演芸場で三時前に出番がありまして、まあいつものように十五分二十分ばかり喋って高座を降りたんですが、するめさんがね……。

うーん、この話、ちょっと意地悪だな。やっぱりよしましょうか。聞きたいですか？（拍手）

ではまあ、お話ししますが、といいますか、じつを言いますとお話ししたくてたまらないんですが、若者の範となるべき真打が、まだ二十代の前途ある前座さんをおちょくるようなことを言うのはいかがなものかとは思うんですが――、言いましょう！（拍手）

……物好きなお客さんだね。

で、えー、天にも昇る心地のするめさんがですよ、楽屋の仕事を途中でほかの前座さんに引き継ぎまして、元気でしたね。「師匠、今日は川崎で勉強させていただきます！」って挨拶してくれまして、「師匠、こちらです！」って楽屋口のドアを開けてくれて、「師匠、こちらです！」って階段を降りながら踊り場ごとに振り返ってくれて、「師匠、こちらです！」って出口に案内されたときは、さすがに私も「鈴本の中ならお前さんより知ってるよ」という言葉が出かかったんですが、まあ、初々しいなあ、自分にもこんな時代があったなあ、なんて目を細めていたんですよ。

で、上野の山の新緑なんか眺めながら二人でテクテク上野駅まで歩いて、改札通って、「師匠、こちらです！」って案内されたホームにちょうど上野東京ラインの電車が停まってまして、たまたま二つ空いてた座席に座れたんです。でですよ、相手が硬くなっているもんだから、ちょっと気分をほぐしてあげようと思って「するめさんは川崎は何回目？」なんて話しかけたところに車内放送が『高崎行き、間もなく発車します』。

いや、本当なんですって！ 私、高崎に連れて行かれそうになったんですよ！ よくできた話でしょ？ でもこれ、実話ですからね。

飛び出しましたよ、ホームに。真打の私を差し置いて前座が先に。

それから目が合った瞬間のするめさんの、「うわー、しくじったー」という顔。あれはよかった。動悸が治まったところで手招きしまして、上野駅の雑踏の中、彼に尋ねたんです、「キミ、前座仕事苦手でしょ」って。そしたら、ちーっちゃい声で「……ハイ」って。

その率直な自己申告を聞きまして私、この前座さんは見込みがあるなー、と確信しました。いえ、からかっているわけじゃないんです。「見込みがある」と判断したのには根拠があるんです。なぜなら、この私が前座仕事がまったくダメだった。

ええ、ダメでしたねえ。使い物にならなかった。電車をまちがえたなんてまだかわいいほうです。こっちは師匠の愛車の窓を開けたまま洗車しましたからね。あれは、まー、怒られた。こう、ブラシで洗う前に、ホースで車体にジャーッと水を掛けるじゃないですか。こうやってスナップを利かせてジャジャジャッと。ところがそれにときおり、言葉で表現するなら、ドビビッ、という音が混じるんですね。

なんの音かすぐにはわからなかったけど、何かしらよくない音なんだろうなー、ということは直感しました。直感はしましたけど、ぼんやりしてたんでしょうね、水を止めて原因を探ろうという考えには至らない。

何度目かの「ドビビッ」のときですよ、「ん？」と首をかしげた目の端に、助手席の窓がこう、座布団一枚分隙間が空いているのが映りまして。あの光景は今でも夢に見ます。乾いた布で車内の水気を必死に拭き取って、あとはもうただひたすらに平謝りです。兄（あに）さんには怒鳴られるわ、おかみさんからは小言をたっぷり頂戴するわ、師匠に至っては激怒するかと思ったらしゅんとしちゃったのがかえっておそろしいわで、あの日ばかりは本気で破門を覚悟しました。

それに比べたら、ねえ。私を高崎に連れて行こうとしたことぐらい、まあ、後日我が家に大吟醸の一本も持ってくれればサーッと水に流しますよ。

いやいや、嘘です嘘です。あの「しくじったー」というイイ顔でチャラ。相殺。おまけにこうしてまくらのネタまで提供してくれたんだから、むしろこちらが大吟醸の一本もご自宅にお持ちしてですね――。

まあ、なんですか、聞けば、するめさんも函館の出身なんだそうで。ええ、北海道の。

うん、「するめさん『も』」って、私は四国は香川の出身なんですがね。

補足しますと、今の「も」は、アレです。橋やトンネルでかろうじて日本国と繋がっている島から君「も」来たのか、という意味の「も」です。苦労してんです我々は。非江戸弁エリア出身者として。

そんな、非江戸弁エリア出身で人権のないするめさんですが、ちょっと尋ねてみたんですよ、「二ツ目になったら名前はどうするの?」って。そしたら即座に「変えます!」と。よほど、今の前座名が嫌なんでしょうねえ。たしかに「するめ」じゃあ、ねえ。目に浮かぶじゃないですか、圓舟(えんしゅう)師匠が、お酒飲みながらあの眠たげな目で「なんだい、ひゃこだてぇ? んじゃあお前の名前は『するめ』だぁ」って。

そんなに似てました? 「ひゃこだてぇ?」

……二度やる完成度じゃなかった。

圓舟師匠の発想、みなさん手に取るようにわかるでしょう。「函館」イコール「するめ」。その名でおよそ三年から五年前座として生きてゆかねばならない若者のことなんかまるで考えちゃいない。なぜなら彼のような前座には人権がないから。

と、ひとしきり人の名前を笑いものにしたところで、えー、我が身を省みれば――、ああ、ご存知の方もいらっしゃるみたいですね。そう、我が師、一昇が私に授けた前座名がですよ、「匂梅亭うどん」。

ええ。香川イコール讃岐うどんで「うどん」ですよ。おんなじなんだ発想が。圓舟も一昇も。おわかりいただけますでしょうか、この前座名のおかげで私がどれほど不利益を被ったことか。前座なんて、とくに初めのうちは高座に上がってもまるでウケませんよ。場内誰ひとりクスリともしない。こっちは教わったとおりに話すだけで手いっぱい。ひどいもんです。

シーンと静まり返った中で、居たたまれない思いに打ちのめされながら、とにかく一所懸命演らなくっちゃいけない。それが前座です。まだ二十歳そこそこで、人前で披露させてもらえるネタなんていくつもないですからね。たとえば今するめさんが演った「元犬」なんかも代表的な前座噺です。ただ彼の場合は、もうすぐ人間に昇格するだけあってちゃんとウケてましたけどね。

それから、定番の前座噺といいますと「初天神」「雑俳」「たらちね」「道灌」、あとは「子ほめ」あたりですか。

ええ、「子ほめ」。師匠に最初に稽古をつけてもらった噺です。粗忽者の八っつぁんがご隠居さんから「こんな具合に人を褒めていい気分にさせれば酒の一杯もおごってもらえるもんだ」なんてお世辞の手本を聞かせられて、っていう、いわゆるオウム返しのネタです。八っつぁんはなじみの伊勢屋の番頭さんなんかを相手にさっそく試してみるんだけど、いかんせん付け焼刃のお世辞だから、おごってもらうどころかかえって怒らせちゃったりします。

最初に教わった噺ですから、初高座で演ったのももちろんこの「子ほめ」でした。新宿末廣亭(すえひろてい)の、たしか昼席。下から照らす面(つら)明かりが眩しかったことはよく覚えてます。

悲惨でしたよー。客席、うんともすんとも言わない。エアコンの音のほかに何も聞こえぬ高座で、着物に着られた十九(じゅうく)二十歳の八五郎が「四十五ニシテハオ若ク見エル。ドウ見テモ厄ソコソコダ」なんてガチガチになって演ってんですから、落語というより罰ゲームです。

脂汗を垂らしながらどうにかこうにかサゲまでたどり着いてお情けの拍手をもらって、高座返し——あの、噺のあとで座布団をひっくり返す作業です——アレをしていたときのことです。ご夫婦でしょうか、最前列にいたお婆さんとお爺さんの会話がひょいと耳に飛び込んできました。

「名前、『うどん』だってね」

「のびちゃったな」

……くやしいけど、私の噺なんかよりよっぽどおもしろかった。

ほんとに、ねえ。なにが「うどん」だよ。

だいたいウチの師匠も、「『うどん』じゃちょっと呼びにくいかな」って思わなかったんですかね。どうも歯切れの悪い音じゃないですか。「う」「ど」と口をすぼめたところに来ての「ん」ですから。「オイッ、うどんっ」なんて叱ってみてもねえ、名前呼んでんだか咳してんだかわかんないでしょ。

「オイッ、うどんっ」

そうやって、何度呼ばれたんでしょう。

「オイッ、うどんっ」

何百回も呼ばれた気もするし、じつは数えるほどしか呼ばれていない気もするし。叱り口調で呼ばれることよりも、苦笑まじりに呼ばれることのほうが多かったかもしれませんねえ。

（八秒沈黙）

……ああ、ごめんなさい。黙りこくっちゃった。

なんですね、四十過ぎの男が座布団の上でぼんやり昔を思い出している間、じーっと待っていてくださるんですから、つくづくいい所ですね川崎は。これがテレビやラジオだったら放送事故ですよ。

「オイッ、うどんっ」でいまワーッと思い出したんですが――、って、長いですか？

まあ、こういう流れになってしまったんで、もうしばらく続けさせてください。あ、ネタはちゃんと演りますんで。せっかくだし、「子ほめ」でも演りましょうか（拍手）。

あそう？　拍手をいただけたということは、じゃあ前半は「子ほめ」で。入門したての頃よりは多少マシな芸をお見せできる見込みです。

もちろん、仲入りのあとはボリュームのあるネタを考えてるんで大丈夫です。身の上話だけして帰るつもりはありませんから。ちゃんと落語も演ります。……落語「も」という言い方はないか。

で、身の上話の続きです。大半が初対面の方ばかりであろうこの場で言うことでもないかもしれませんけど、聞いてくださいます？（拍手）

ありがとうございます。

うん、私、一度ね、落語家辞めてんですよ。

ええ、夜逃げみたいなもんです。前座の頃の話です。この件については『チョコと金魚』にも書いてません。あの本は楽しく貧乏してた二ツ目時代のお話が中心ですから、前座時代については簡単にしか触れてないんです。ラジオでもまだ話してないんじゃないかな。

それはともかく、夜逃げ。

修行中の身がいちばんやっちゃいけないことですよ。芸と人に惚れ込んで、自分から頼み込んで弟子入りさせてもらった師匠に、後足で砂かけて出て行くような行いじゃないですか。しくじって破門にされるほうがよっぽどさっぱりしてます。もう二十年くらい前のことですけど、あれは今でも負い目になってますね。

これは、舞台袖のするめさんも頭の隅に留めておいてもらいたいんですが、切羽詰まって夜逃げなんかするくらいなら、いっそ刺し違える覚悟で圓舟師匠の逆鱗に触れにいって、スパッとクビになったほうがずっと気分がいいもんですよ。

いや、当事者間の気分がどうかなんて知りません。ただ、外から見てる我々の気分はだいぶよろしい。師匠のクラウンの車内を水浸しにでもしてくれたらもう最高です。

あー、念のため断わっておきますが、私は圓舟師匠になんら含むところはないんです。もちろん尊敬しております。だけど、見てみたいじゃないですか、あの名人の愛車がですよ、走る水族館みたいになったところを。

……えー、今のはあくまでも冗談でございます。

重ねて言っておかないと、するめさんが本当にしくじった場合に私がそそのかしたことになる。それは困りますから。

いま、ウチの師匠の芸に惚れ込んで弟子になった、なんてことを口走りましたけど、入門したときは芸のなんたるかなんてさっぱりわかってなかったですよ。芸に惚れ込むというより、あれは刷り込みみたいなもんです。ほら、卵から孵った雛が、初めて目にする動く物体を親と認識するっていう話、お聞きになったことがあるでしょう。私もそれです。まさに刷り込みです。初めて聴きに行った落語会の高座で、座布団に正座した一昇がピョコピョコ動いてた。

なんだかなつかしいですね。私が十九まで住んでいたのは香川の坂出という町で、ここは県庁所在地の高松の西にあります。瀬戸大橋を渡ったことのある方はもしかしたらご存知かもしれませんが、本州から瀬戸内海の上を走ってきて、四国に上陸して最初に通るのが坂出です。

不思議だったですよ、子供時分は。物心ついた頃には瀬戸大橋の工事はもう始まっていたんですが、道路なんかまだろくに繋がってなくて、橋というよりは大きな柱が沖に向かって点々と並んでいるだけでしたから。親に「あれが橋になって、瀬戸内海の向こうの岡山までクルマや列車で行けるんだ」なんて言われても、実感なんてありません。岡山といえば高松から連絡船に乗って行く土地でしたから。それが自動車、ましてや鉄道で行けるなんて、なかなか想像がつかないもんです。とくに鉄道ね。長くていかにも重そうな列車が海の上を走るというのはシュールといいますか、その姿を想像すると子供心にもちょっと不気味に思えてくるくらいでした。

ただ、なにぶん子供ですから、いざ橋が開通して本州から列車がやってくるようになったらなったで、わりにすぐ慣れちゃったんですけどね。岡山発の普通の電車だけじゃなくて、東京発のブルートレイン、青い寝台列車の「瀬戸」。アレが海を渡って香川まで来るようになったのは新鮮でした。一度はあの列車に乗ってみたいなあ、なんて思っているうちに廃止されちゃいましたが。

ウチの師匠が香川にやってきたのは、私が高校一年生だった冬です。師匠は五十、えー、四、五でしたか。相当忙しかったはずですから、ブルートレインじゃなくて飛行機で来たんだと思いますが。

寒い日でした。匂梅亭一昇独演会。イン高松。

私はもともと一昇にも落語にも興味はなかったんですが、近所の人が急に都合がつかなくなったとかで切符が二枚回ってきて、日曜日だったもんだから高松のホールまで姉と出掛けてったんです。

まあ、こっちは完全に冷やかしですよ。冷やかしどころか、ちょっとした対抗意識もあった気がします。四国も東の方は吉本興業の勢力圏ですから、「東京の落語家がなんぼのもんじゃい」というくらいに思ってたんです。思ってたんですが、まー、やられた！

前半は、まくらで地方公演のエピソードを並べて笑わせてからの「大山詣り」。ここまではまだ、「東京にもおもしろいおじさんがいるんだな」と認識を改めるくらいのことで済んだ。ここで帰っていれば、うっかり落語家に弟子入りをせずに済んだ。

仲入り後の後半が、「藪入り」ですよ。

どういった内容かというと、ま、簡単にまとめてしまえば人情噺です。明治の昔の人情噺。「藪入り」というのは正月と七月の十六日のことなんだそうで、その日は商家の奉公人たちが休みをもらって里帰りできたんだそうですね。で、噺に出てくるのは正月のほうの藪入りなんですが、話の長さのわりに登場人物は少なくて、主だったところで三人しかいません。父、母、奉公に出した十三歳の亀吉。これだけ。

奉公人といってもなにぶんまだ子供ですから、親は亀吉の帰省が前の晩から楽しみでならないんですね。楽しみすぎて寝床に入ってもなかなか寝つけない。ワクワクするあまりどっちが子供なんだかわかんないくらいワクワクしてる。えー、ワクワクするあまり、ワクワクしてる。……ま、日本語の文法なんか構ってらんないくらいワクワクしてるんでしょう。

という様子を描いたのが前半で、後半は息子が帰ってきてからのあれこれ、という噺なんですが、これが、もう、すごいんですよ、一昇の「藪入り」は。

夫婦が寝床の中で「亀吉が帰ってきたら好物のあれを食べさせてやろう、これも食べさせてやろう。そのあとはあすこに連れてってやろう。ここにも連れてってやろう」なんて話し合うんですが、この、なんといいますか、布団一枚外側の、正月の夜のキンと冷えた空気が伝わってくるんです、客席にまで。父親も母親も「寒い」なんてひと言も口にしないんですよ？　それでも板壁の隙間から吹き込む夜風を感じさせるんですから、我が師匠ながらたいしたもんです。

息子が帰ってくる後半は、言ってしまえばベタな泣かせなんですよ。ちょっと気恥ずかしいくらいのベタ。でもねえ、一昇が語るとウルッときちゃうの、どういうわけか。四国の高校一年生がですよ？　人の親でもなければ働いたこともない、親元でぬくぬくモラトリアム満喫中の十六歳が唇を震わせるくらい感動しちゃうんですから。

ちょっとあれは、映画を観ても本を読んでも味わえないような体験でした。没入感というんでしょうか、高座には五十半ばのおじさん一人しかいないはずなのに、その三十分か四十分は私の周り三六〇度ぜんぶが噺の世界になってました。

――なんて聞かされると、みなさんもちょっと聴きたくなってきたんじゃないでしょうか、「藪入り」（拍手）。

いやいや、拍手しない拍手しない。そんなつもりじゃないんです。今日は別のネタを考えてんですから、初夏にふさわしいのを。何度も言いますが、「藪入り」は正月の噺なの。そして今は五月なの。「今日やれ」と言われてもですね、ええ、心の準備というものが……。

ですから、「一昇ほどじゃないにしても、一六の『藪入り』も聴いてやってもいいかな」という方はですね、えー、来年の冬にでも、またこの川崎にお呼びいただければ――（拍手）。

ありがとうございます。劇場関係者のみなさん、今の拍手でブッキング確定ということでひとつ、ええ、よろしくお願いします。

来てくださいね！　必ず。いま拍手したお客さんには道義的責任というものがありますからね。

……なんの話でしたっけ。

ああ、「藪入り」。

一昇にすっかり感化されまして、もう、週明け月曜から江戸弁ですよ。讃岐弁が飛び交う教室の中で、ただ一人の巻き舌使い。「すまねえな。勘弁しつくれ」なんて。

バカですねえ。なにが「勘弁しつくれ」だ。おかげで、高校の同窓会なんかに出ると今もいじられます。本当に勘弁してもらいたい。

そんな具合に聞きかじりの江戸弁を使いながら、自分でも「そのうち熱が冷めるだろう」なんて思ってたんですが、これが春になっても夏になってもなかなか冷めない。テレビの落語番組なんか録画するようになっちゃって、香川に東京の落語家が来るたびに出掛けて行って、それだけじゃ物足りないから図書館行って落語関係の本やCDを端から漁るようになっちゃった。

そんな調子で秋が過ぎ、冬が過ぎ……、えー、また春が過ぎ、夏も過ぎ、あっという間に受験シーズンですよ。

落語のほうは志ん生、文楽、圓生から小さん、志ん朝に談志とひととおり履修してきたけど、高校の授業はというと、これが何を教わったかさっぱり覚えてません。成績なんか、一年生のうちは学年のだいたい真ん中あたりだったのが、最後は下から六番目。もうそうなっちゃうと、難関大学への進学とか上場企業への就職なんかは相当むずかしいわけで、自ずと選択肢が絞られてくる。残っているのは学歴不問の職種。つまり、落語家ですな。

あれは、三年生の十月あたりでしたか。今もよく覚えてます、「アルバイトで上京資金を貯めて、落語家に弟子入りしたい」と打ち明けたときの、父親と母親の顔。「来た！」という、覚悟とあきらめが入り混じった、じつにいい表情をしておりました。

反対されるかなーと思ったんですが、父親から返ってきた言葉は「厳しい世界だぞ」のひと言でした。落語なんてろくろく聴いたこともない人だから、落語界の厳しさも何も知らないはずなんですが、いかにも世の父親らしい、もっともらしくてぼんやりしたことを言っておりました。

一方、母親という生き物はその点現実的です。開口一番「運転免許を取りなさい」。ええ、資格こそは浮草稼業の命綱であると。このアドバイスはあとあと助かりました。前座時代は忙しくって教習所に通う暇もないし、自由を得た引き換えに自力で生活の糧を得なければならない二ツ目になったら、今度は教習所に通うお金がない。

親に反対されなくてほっとしたんでしょうね、私も。じゃあってんでその場で「教習所代ちょうだい」と手を出してみたんですが、ピシッと叩かれました。「自分で稼ぎな」と。

免許を取るには先立つものをということで、アルバイトを始めました。近所の焼肉屋さん。昼は赤点を取らない程度に勉学に勤しみ、夜はロースだカルビだホルモンだを客席まで運んではギトギトの皿をシンクで洗い、肉や野菜の切れっぱしがてんこ盛りのまかないをかっ込みながらヘッドホンで落語を聴く暮らし。自分では真面目にやってるつもりでしたけど、受験勉強中の同級生たちから見たら極楽トンボそのものだったでしょうね。

年が明けて三学期、高校が受験体制で開店休業状態になると、バイトをもう一つ増やしました。ガソリンスタンド。思えばずいぶん油っこい青春でした。

そう、スタンドで一年ちかく働いてたくらいですから、クルマの扱いはずいぶん慣れていたんですよ。給油や窓拭きはもちろん、エンジンオイルの交換もタイヤの空気圧点検もひととおりやってましたから。それがなぜ、あの日師匠のクルマの窓が開いていたことに気づかず洗車を始めたのか……。

近い将来そんなしくじりを犯すことなどもちろん知らぬままバイト三昧の日々を送り、年を越していよいよ上京です。

ああ、ちょっとだけ話が前後しますけど、正確には二度目の上京でした。一度目は、高校を出て半年くらい。運転免許も取ったことだし、いざ、という勢いで夜行バスで東京に行きまして、池袋演芸場の外で師匠の出待ちをしました。動悸が激しすぎて心臓が痛い、という経験は、あのとき初めてしたかもしれません。

ところがこれが、あっさり断わられまして。「この半年ちょっとで新しいのが立て続けに二人入ってきたんですよ。だから三人目となるとちょっとむずかしいですね」と、丁寧語で。お客さん扱い。呆然としました。池袋から東京駅のバスターミナルまで、どうやって戻ったのかまったく覚えていない。まあ電車に乗ったんでしょうけど。

坂出に戻るバスの中で考えていたのは、この先どうしようということばかり。師匠には門前払いされるし、大学を受験しようにも勉強してないし、半年で手にしたのは運転免許証と自動車整備のイロハのイだけ。あとは、焼肉屋さんで教わったおいしい生ビールの注ぎ方ですか。それだけ。

家に帰って両親に顚末を話したら、親父はむずかしい顔で腕なんか組んで「だから厳しい世界だと言っただろう」って。まあたしかにそのとおりなんですけど、世界の厳しさを味わわせてもらえないほどの厳しい世界だとは、こっちも想定してなかった。

一方母はといえば、ええ、やっぱり現実的です。透徹した分析力を持ち合わせております。

「アホかいなこの子は。芸事の世界は一回お願いに行ったくらいでおいそれとは入門させてもらえないもんなんだよ。あっちだってメンツというものがあるんだから、多少はもったいぶらないと——」ええ、たしかにそう言いました、のちの紫綬褒章受章者を捕まえて。「多少はもったいぶらないと軽く見られるだろ。少し時間を空けてまた挨拶に行きな」と。すごい女ですよ。

二度目の入門志願は、その年の暮れでした。大阪のホールの落語会に師匠が出ると聞きつけて、またバスに乗って。

敵もこっちの顔を覚えてましてね、「正月の二十日までは忙しいから、そのあとに小石川のウチまで来なさい」と、今度は簡単に入門を許されました。きっと、一度目の志願でメンツが立ったんでしょう。

行きましたよ、正月二十一日の朝に。「二十日まで忙しい」と言われたらですよ、まあ一日二日空けて二十二、三日にでも伺うのが大人の常識というものですが、おいしい生ビールが注げるだけの十九歳にそんな理屈は通じません。

列車や飛行機は運賃が高いので、今度も夜行バスです。両親もそれなりに感慨深げな様子でバス乗り場まで見送ってくれまして、なかなか感動的な旅立ちでございました、ええ。

で、ひと晩バスに揺られて正月二十一日。所は東京都文京区小石川。

落語の何がいいって、時間も場所も一瞬で飛べることです。もう東京に着いちゃった。

まあ、いま話してるのは落語じゃなくて、その前段のまくらなんですが。

なにしろ古くからの住宅密集地ですから、師匠の家も両どなりとひしめき合うようにして建っているんですが、坂の上の方にあるからか日当たりは悪くない。とくに午前中の一階の応接間なんか、陽光が降り注いで冬なんかたいへんポカポカしてます。あんまりポカポカしてるもんだから私、掃除中に何度かうたた寝しましたから、はい。

ただ入門の日は、さすがに緊張してるからうたた寝なんかできません。たしか、挨拶したときは師匠と二人っきりだったはずです。おかみさんはどこか出掛けてたんですかね、もうよく覚えてませんが。

もちろん、はっきり記憶してることもあります。私、待たされている間ソファのとなりで正座してたんです、絨毯の上に。そしたら師匠が部屋に入ってくるなり、「椅子があるんだから椅子に座れ」と。その声だけは今も耳に残ってます。最初に弟子入り志願したときは他人行儀の丁寧語だったのが、命令口調に変わってましたから。ああ、この人の弟子になったんだなと、妙な感慨を覚えたもんです。もちろん、カエルのようにぴょこんと飛び跳ねてソファに座りました。

師匠はというと、前日まで十日連続で寄席二軒を掛け持ちしていたのに、疲れも見せずしゃんとしておりました。いや、元日から飛び回っていたはずだから二十日連続ですか。

入門してから知ったんですが、落語家は十日間寄席に出たら、千穐楽（せんしゅうらく）にはたいてい打ち上げをやるんです。解放感も手伝って、人によってはべろんべろんになるまで飲みます。ちなみに我が敬愛する兄弟子の昇らくなんかは、「べろんべろん」にもう一つ「べろん」が付くまで飲みます。

そんな弟子を持つ一昇はというと、これがまったくの下戸でした。ビールをコップに半分も飲んだら真っ青になっちゃう。だから打ち上げも、お茶を片手に何品かつまんで一時間半もしたら人を残してスッと帰ってしまう。おかげで二十一日の朝もしゃんとしてたんですね。

一昇といえば酒呑み噺、とも言われていたくらいで、たとえば「親子酒」とか「猫の災難」、「禁酒番屋」なんかべらぼうにうまかったんですが、あれね、ぜんぶお芝居なんです。飲んでないんです。うん、当たり前ですね。

そういえば最初のほうで、落語家には前座からご臨終までいくつか階級があると申しましたが、正確には前座になる前に「見習い」という段階がありまして、これを三ヵ月ばかり務めました。見習いと前座と何がちがうかというと、見習いは寄席で働くことができません。ですから、着物も着られません。内弟子というか、試用期間のようなもんですね。師匠の家で電話番をしているか、おかみさんの手伝いをしているか、兄弟子に前座仕事の基礎を教えてもらっているか、鞄持ちとして師匠に付き従っているか。プライバシーを保てるのは、アパートで寝てるときだけ。

そう、アパートですよ、小石川のアパート。後楽荘。これが、いやあ、すさまじい物件だった。一応、上京前におかみさんとは電話で何度か話してましまして、師匠の家の近所の物件を紹介してもらえることになってたんです。一昇は住み込みの弟子は取らない人でしたから、地方出身者はみんなそこに送られるシステムで。

で、挨拶が済んで、「不動産屋にはもう行ったのか」と聞かれまして、「まだです」と答えたら、おもむろに師匠が携帯電話を取り出した。

ほんのひと言ふた言で通話が終わって、ものの三分ですよ、着の身着のままの前座さんが、ものすごい勢いで家に飛び込んできました。

こう、ゼーッ、ハーッと肩で息しながら、「師匠っ、お呼びでっ、しょうかっ」

あれ、アパートから坂を駆け上がってきたんですね。とんでもない世界に入っちゃったなあと、そこでようやく気づくわけです。

その兄さんに連れられて表通りの不動産屋さんに行きまして、鍵を受け取って案内されたのが、件（くだん）の後楽荘。師匠の家までは徒歩五分の上り坂。走れば二分。まあ、通勤至便ではありました。

二十何年か前の当時でも、まだこんなボロアパートが現存するのかと驚くようなボロアパートでしたよ。木造モルタル二階建て。四畳半一間の風呂なし物件。冗談みたいでしょ？

建物はこう、道に対して鼠色の妻面（つまめん）を向ける形で建ってまして、となりの家のブロック塀との間に、うなぎの寝床のように細くて暗い外廊下が口を開けているわけです。ありていにいえばおばけ屋敷ですよ。陰気で、ジメジメしてて。

部屋は一階と二階、それぞれ四つずつ。道路側から一号室、二号室と並んでいて、私の部屋はいちばん奥まった四号室でした。ええ、おばけ屋敷の四号室。

ちなみに兄さんの部屋は二号室で、間の三号室には妙な爺さんが一人で住んでました。

この人が、狭い廊下に洗濯機を置いて、始終衣類を洗ってんです。朝、師匠の家に行くときに洗濯している姿を見かけるのはまあ普通じゃないですか。ところが昼にアパートに立ち寄っても、夜中に帰ってきてもたいてい廊下で何やら洗濯している。古い洗濯機ですから運転中も蓋を開けられる仕組みだったんですけど、こう、背中を丸めて、洗濯槽の中で衣類が回る様をじいっと見つめてるんです。しかもこの人、短く刈った髪を金色に染めてまして。そんな人がおとなりさん。こわかったです。

そのこわいおとなりさんの後ろをですね、落語家の卵とは思えぬか細い声で「こんにちはー」とすり抜けて、もらった鍵で玄関を開けたら部屋の中が真っ暗。ああそりゃそうか雨戸が閉まってるからなと、開けてみてもやっぱり真っ暗。窓のすぐ外が崖になっていて、コンクリートの擁壁が視界をきれいに塞いでおりました。日当たりが悪いなんてもんじゃないですよ、日当たりが「ない」の。いま思えば違法建築ですよ、あれ。

全室こんな感じなのかしらと、擁壁にほっぺた押しつけるようにして横の方を見てみたんですが、金髪爺さんの部屋も兄さんの部屋も崖から少し距離があって、申し訳程度には日が当たってました。うらやましかったですよ、薄くスライスされた陽光でも。

その日の午後には香川から引っ越し荷物が届きまして、四畳半は実質三畳あるかないかになりました。まあ、ハングリー精神を養うにはもってこいの環境ではあります。

なにしろまだ十九歳ですから、初めての東京暮らしにいろいろ雑念を抱いていたんですよ。こう、狭くとも小ぎれいなアパートで、となりには私のことをむやみに気にかけてくれる女子大生が住んでて、なんて、ねえ。それが、蓋を開けてみれば金髪爺さんですよ。雑念の余地なし。「よし、修行しよ」と素直に思えました。

この試用期間の見習いのうちに兄弟子たちの顔も覚えまして、またこっちの顔も覚えられまして、「香川」なんてあだ名も頂戴しました。名付け親は昇らく兄さん。ちなみに二号室の前座の兄さんは、見習いのうちは「長野」というあだ名だったそうです。ま、ネーミングの由来はおわかりでしょう。説明必要ですか？　あの匂梅亭昇らくの名付けの背景に、何かしら深い思慮が潜んでいるとでも？

前座になって、呼び名が「香川」から「うどん」にワンランク格下げ――、えー、格上げされる頃には、長野兄さんのレクチャーのおかげで小石川あたりについてはだいぶ詳しくなっておりました。兄さんは大卒でもう二十代半ばでしたから、私よりずっと世慣れているんです。

いろいろ教えてもらいましたよ。アパートからいちばん近い銭湯でしょ、それとコインランドリー。レトルトカレーがいちばん安いスーパーに、インスタントラーメンがいちばん安いスーパー。それから、師匠がよく行く蕎麦屋さん。師匠がよく行く床屋さん。師匠がよく行く喫茶店。師匠がよく行く愛人のマンション――。

嘘ですからね最後の一つは。ちゃんと断っておかないと。おかみさん一筋でしたから。ええ、私が知り得た範囲では。

「うどん」になってからは、とにかく忙しかったですねえ。

朝は早いです。長野兄さんと二人、坂を上って七時半に師匠の家に行きます。冬は夜が明けたばかりでとにかく寒いし、夏は上り坂で汗ばむしで、そこから修行が始まっているようなもんです。

坂を上がった先、家の車庫の脇には郵便ポストがありまして、これを開けて中から新聞を取り出すんですが、ちょっとコツがいります。古い物だからだいぶ歪んでまして、蓋を不用意に開けると留め具がバィィィンと鳴るんです。そして蝶番がキイキイ軋むの。で、師匠はその音が大っ嫌い。

一昇という人は基本的におおらかだけど音には神経質なところがありまして、あるとき高座で「井戸の茶碗」を演っている最中に客席で携帯電話が鳴ったんですが、師匠、ニコニコしながら噺の中に携帯電話を登場させて、屑屋に「こんなピロピロうるせえ物売れるか」って言わせて二つに折って放り捨てさせちゃった。

なにしろ腕があるからお客さん方にはウケてましたけどね、袖で聴いてた私は凍りつきましたよ。舞台袖から見ていると師匠が怒っているのがわかるんです。こう、腰の低い屑屋らしく丸めた背中が、着物の下でビクッビクッと痙攣してるんですよ。それからです。師匠の落語会で私が開口一番を務める際、「くれぐれも携帯電話はオフに」ってお願いしてから噺に入るようになったのは。

今夜は、今のところ一度も鳴ってないですね。もう、川崎大好き。いいお客さんばっかり。

えー、そのくらい音には敏感な――（短い着信音が響く）。

……うん。ハハハッ。前言撤回。

ま、犯人探しはよしましょう。お心当たりの方は、そっと電源切るなり二つに折って放り捨てるなりしていただければ、はい。

そのくらい、えー、音には敏感な人ですし、寝起きもよろしくない。たっぷり睡眠をとっても寝起きの一時間くらいはムスッとしています。ですから我々前座は、師匠を起こさぬようポストから無音のうちに朝刊を摘出しなければならない。こう、右の指先でつまみをグリップしつつ、左の手のひらで蓋を押さえてですね、じわり、じわり、とミリ単位で開けるわけです。で、新聞を取り出すのに成功したら、また、じわり、じわりと閉めます。夏場なんて汗だくですよ。

ところが、脂汗垂らしながら蓋を開けてみたら新聞がない、なんてこともたまにありました。早起きした師匠が我々より先に取り出しちゃうんです。あの徒労感はなかなかのもんでした。で、食堂に行くと師匠が何気ない顔で新聞めくってて、汗みずくのこっちを見てニヤッと笑うんですよ。憎たらしかったですねえ。わかってんだ、我々がいかにプレッシャーと戦いながら毎朝ポストを開けてるかを。

玄関はおかみさんが鍵を開けといてくれるんで、これもまた音がしないように開け閉めします。それから朝ごはんの支度の手伝い。「あんたたちは下手だから」ってことで料理の手伝いはさせてもらえないので、もっぱらテーブルを拭いたり皿を並べたりです。メニューは決まって焼き魚、生卵、味噌汁、納豆。傍らには朝刊。折込広告は抜き取って、新聞の下に重ねておきます。「ここにネタのヒントが載ってんだ」って、買いもしないクルマの広告からスーパーのチラシまで毎朝丁寧に目を通しておりました。

準備万端整ったところで、二階の寝室まで師匠を起こしに行きます。いえ、我々ではなくおかみさんが。おかみさんじゃないとダメなんです、一昇は。ね？　おかみさん一筋でしょ？

我々前座もお相伴に与かって、食事が済んだら片づけをして、一服する暇もなく掃除です。長野兄さんの指揮の下、例の日当たりのいい応接間から日当たりの悪い和室、玄関、廊下、もちろんお手洗いも。家の中だけじゃありません。向こう三軒両どなり、雨でも降らないかぎりは毎朝掃き清めます。そのほかにだいたい十日に一度の洗車という作業もあるんですが、まあ、心の傷に触れるんで割愛しましょう。

お客様の中には、「他人に家の中を掃除させるなんて」とお感じの方もいらっしゃるかもしれません。ですが一昇の立派なのは、プライベートな空間は弟子には掃除させないところなんです。やらせるのは来客が足を踏み入れる場所だけ。準・パブリックスペース。これは徹底してました。お客が上がらない二階はノータッチ。たまに自分で掃除機掛けてましたから。

掃除のあとのパターンはいろいろですけど、寄席の一番太鼓が鳴るだいたい一時間前には現場に着くようにしてました。ここでもまず楽屋の掃除。それから座布団を並べて、師匠たちに出すお茶用にお湯を沸かして、出番表をチェックしてめくりを並べ替えて、ということをテキパキと、ええ、そのあたりまではテキパキとやっておりました。

ところが幕が開いてしばらくすると、テキパキがだんだんモタモタに変わってくる。前座は舞台の進行に神経を配らなくちゃいけないのに、つい師匠方の噺を聴いちゃうんです。だからついワンテンポ遅れる。挨拶も、お茶を出すタイミングも、着物を畳むのも、出番が終わった師匠たちを見送りに出るのも、ぜんぶモタモタ。そのせいでずいぶん叱られました。

でもね、毎日叱られつつも耳をそばだてながら、ずいぶん生意気なことを考えてましたよ。

「あの師匠、ここに来てぐっと間がよくなったな」とか、「自分だったらこの台詞はもっと抑えて喋るのに」とか。生意気な、ねえ。そんなことといくら袖で考えたって簡単にできやしないんですよ。なにしろ高座に上がらせてもらえば「四十五ニシテハオ若ク見エル。ドウ見テモ卮ソコソコダ」なんですから。なんにもわかっちゃいない。

その点、長野兄さんはできる前座でしたねえ。師匠方のお茶の好みは数十人分がすっかり頭に入っていたし、無駄な動きはいっさいないし、着物なんて受け取ったと思ったらもう畳み終えてる。私よりほんの半年そこそこ早く弟子入りしただけなのに、前座になって一年足らずで何もかもパーフェクトにこなしておりました。

前座仕事で私が褒められたのは太鼓だけです。寄席の舞台袖には三味線のお師匠さんが控える太鼓部屋というのがありまして、そこで高座の様子を見ながら三味線に合わせて太鼓を叩くんですが、ほとんどのお師匠さんが「あら？」と振り返るんですよ。「どこかで習ってたの？」って。まったくの初心者なんですが。

まあ、なんでしょうか、才能？

落語のほうは初高座から二ヵ月三ヵ月経っても「ドウ見テモ卮ソコソコダ」だったのに、太鼓はすぐにうまくなっちゃった。進むべき道をまちがえちゃったかなって悩むくらいに。

たとえば終演のときに叩く追い出し太鼓というものがあるんですが、多くの前座はこれで苦労するんです。みなさんもお宅に帰ったらやってみてください。片方のバチで二つ叩いてもう片方で一つ叩く。休符なし。言葉にすると「デテケ　デテケ　デテケ」のリズムです。

……ええ、今この場でおやりにならなくても結構ですよ。

これも、何回か試したら一定のテンポで延々叩けるようになっちゃった。天才なんでしょうね、ええ。

ただ、ほかの仕事はぜんぶダメ。

前座仕事ができないと、楽屋をウロウロしててもやっぱり肩身が狭いんですよ。あらゆる一門の兄さん姐さんに迷惑かけましたから。

ですから朝、目を覚まして「ああ、今日は行きたくねえな」と思う日だってあるんです。それでも太鼓だけは得意だし、三味線のお師匠さん方にはかわいがられましたから、まあなんとか布団から這い出ることができた。行けば行ったで楽しいですしね、寄席は。なにしろ落語がタダで聴ける。

タダで聴けるといえば、師匠の家での稽古もそうです。

なんといっても一対一。あこがれの一昇が、手を伸ばし合えば届くような距離で、自分だけを相手にじっくり落語を演ってくれる。じつに贅沢なひとときです。

ところがこれが、ちっとも楽しくない。一言一句聞き取ってぜんぶそのとおりに覚えなくっちゃいけないんですから、楽しいと感じる余裕なんかありません。終わるとどっと疲れます。「ありがとうございました」と両手をついて稽古部屋を出たら、急いで手帳にポイントを書き殴ったもんです。

あの頃の私、なかなかの不審者ぶりでした。覚えたてのネタをブツブツ呟きながら買い物をして、ブッブツ呟きながら銭湯に行って、ブッブツ呟きながら湯船に浸かって、ブッブツ呟きながら洗濯中の金髪爺さんに挨拶して、四畳半に戻って自主練です。万年床に正座して、本番のつもりで噺を繰り返します。

それが一段落したら、ようやく趣味の時間です。「藪入り」とか「幾代餅（いくよもち）」、「抜け雀」といった、まだ教わっていない一昇の得意ネタからどれか一本を選んで、見よう見まねで演ります。

こうして思い返してみると私、落語オタクだったんですね。

趣味の稽古に疲れたら、電気を消してゴロン。五分後には夢の中です。

薄い壁越しに夜中まで下手な落語を聴かされて、となりの金髪爺さんはいい迷惑だったでしょうね。でも、悪いが構っちゃいられません。なにしろこっちは人権がない前座。師匠に「お前、破門」と言われたら問答無用で辞めさせられるんだから必死です。

一昇という人は、おおらかだけど音には神経質で、寝起きが悪くて下戸でおかみさん一筋、という長所も短所も併せ持つ人物ですが、もう一つ特徴的なのが、愚痴や泣き言がとにかく大っ嫌いということでした。これも徹底してました。師匠の前でうっかり「疲れた」なんてこぼすと「泣き言を言うな！　うつる！」って叱り飛ばされたもんです。泣き言が伝染するというのは初耳でしたが、ただ、そうやって禁止するのはたしかに効果がありますね。一門みんな、残ってる人間はカラッとしたのばっかりです。

これは使えるなってことで、私も弟子たちには「愚痴・泣き言禁止」を課しています。必要な場合はその都度文書にして申告しなさいと。まあ今のところ、不満を記載したペーパーを寄越してきた弟子はいないんですが。

思うんですけど、アレですね。人は泣き言を禁止されると、妄想に走りますね。溜まったフラストレーションをイマジネーションに昇華してうやむやにしようとするんです。

私の妄想はっていうと、寝台列車で香川に凱旋することでした。毎晩毎晩、寝床の中で故郷に錦を飾る自分の姿をイメージしておりました。バカですねえ。

弟子入りした年の夏でしたか。その次の年だったかな？　とにかく前座だった頃にブルートレインの「瀬戸」が廃止されて、代わりに「サンライズ」という寝台特急が走り始めたんです。「サンライズ瀬戸」。

夜の十時に東京駅を出発するんですが、これが「サンライズ出雲」というのと連結した形で夜通し東海道から山陽道を走るんです。で、岡山まで来ると「出雲」と切り離されて半分の長さになって、朝の瀬戸大橋を渡って高松まで行きます。お客様の中にも乗られた方がいるかもしれません。

……あ、乗ったことがある？　どっち？　え？　「出雲」？　ダメです。

何が「ダメです」なのか自分でもわかりませんが、とにかく乗りたかったんですよ、故郷行きの「瀬戸」のほうに。

妄想の中の私は押しも押されもせぬ真打になっておりまして、「師匠におかれましてはぜひ地元で一席演っていただきたく」かなんか言われて香川県に招かれるんですよ。「匂梅亭一六独演会」。実際はまだ「うどん」だったのに名前がもう「一六」になっているのは、真打になったらこの名跡をいただいちまおうって当時から企んでいたからです。

この妄想に登場する香川県の職員さんはじつに気のつく人で、サンライズのデラックスな個室寝台を予約してくれるんですね、県民の税金で。で、私はそれに乗って、東海道の夜景を眺めながら「明日の高松の独演会は何を掛けようかしら」なんて、ゆったり思索に耽るんですよ。

からすカーで夜が明けて、瀬戸内海を渡った列車は終点の高松駅に到着します。ホームにはレッドカーペットが敷かれてまして、地元の中学のブラバンがジャンジャカジャンジャカにぎやかにマーチを演奏してるんです。駅には地元のテレビ局や新聞社の記者が大挙して取材に来てまして、県知事やら高松坂出両市長やらが列車のドアまでお出迎え、――というあたりで寝つきます。で、翌朝、ため息をつきながら起きる、という塩梅で。

いま思い出しましたけど、前座の頃に香川に帰るチャンスがなくはなかったんです。師匠がまた高松に呼ばれましてね。ええ、私が人の道を踏み外すきっかけになった独演会、あれの評判がよかったんでしょう。

どっからどこに移動中だったのかな？　とにかく師匠とタクシーに乗っていると、ふいに「オイ、うどん。ついて来るか？」って尋ねられたんです。

「はい！」って答えたかったたですよ。上京して二年は経ってましたから、地元が恋しくってならない。帰れるものなら帰りたい。独演会にお供するからには地元の人たちの前で一席披露させてもらえるでしょうし、親も喜んでくれるでしょう。スケジュール次第では坂出の実家にだって寄らせてもらえるかもしれない。

でも、断りました。せめて二ツ目、できれば真打になってから胸を張って帰りたい。前座の中途半端な芸に激励の拍手をもらうんじゃなくって、時間をかけて磨き上げた芸に心からの拍手をもらいたい。

なんて、人権がないなりに殊勝なことを考えて「東京でもっと勉強させていただきたいです」って答えたんですけど、正直なことを言えば、里心がつくのがこわかったんです。瀬戸内海地方のあののんびりした空気に触れたら、日当たりがない後楽荘で寝起きする生活に耐えられなくなるんじゃないかって。

一方で、せっかく誘ってもらえたのに断ったせいで師匠が気を悪くしたんじゃないかという恐れも抱いたんですが、一昇は「そうか」とだけ言って、シートに背中を預けて目を閉じました。

なんだかちょっとうれしそうでしてね。どうも、「行かない」という答えで正解だったみたいです。こっちは横顔をそーっと盗み見しながら「あっぶねー」って。ええ、胸を撫で下ろしました。もしも「はい！　お供します！」なんて答えたらどうなってたんだろうって。

まあ、師匠から直々にペナルティーを食らうことはさすがにないとしても、あのタイミングで里帰りをしていたら、本当に戻ってこなかったかもしれませんねえ。

落語のほうは、狙いどおりに客席が大爆笑、なんてことはまだなかったんですが、ぼちぼち手応えといいますか、手応えの芽のようなものを感じ始めていた時期でした。試行錯誤の甲斐あってか、空気の変化というんでしょうか、耳を澄ませて噺を聴いてくださるお客様が、高座に上がるたびにそれこそ一人二人という具合に増えてくるんです。

うれしかったですよ、それはもう。どのくらいうれしかったかというと、さっきこの高座に上がって拍手をいただいたときよりは多少劣るくらいうれしかった。

……えー、世辞もあんまり繰り返すと嫌味になるからこのへんにして。

落語はそんな具合に少しずつ形になってきたんですが、前座仕事のほうは、まあ相変わらずでございました。あとから入ってきたよその前座さんに「兄さん、そこちょっと通ります」なんて片手で追い払われる始末で。

そんな体たらくに業を煮やしたのが、長野兄さん。私の直属の上司。

ある晩、後楽荘に帰ってきたところを携帯電話で二号室に呼ばれまして、長々と説教されました。

「もういいかげんにしろ。まだ若くて経験が乏しいからしくじるんだろうと思って我慢してたんだ。でも、お前はそうじゃない。前座仕事をナメて手抜きしてるんだろう」とまあ、こんな具合です。

「兄さん、それは心外です」と言いたかったんですけどね、言えなかった。手抜きとまではいかないけれど、心のどこかに「俺は落語がうまくなりたくて一昇に弟子入りしたんだ。前座仕事ばっかりうまくなったってしょうがねえや」っていう気持ちがあったのはたしかなんです。兄さんにはそこを見抜かれた。

「申し訳ありませんでした。明日からは心を入れ替えて精進します」って頭を下げて、その晩はそれで済んだんですが、済んだと思ったのは私ばかりだったようで、兄さんからの風当たりはその後どんどんきつくなってきまして。

兄さん、ほぼ毎日何かしら小言のネタを拾ってきて、私が後楽荘に帰るなり二号室に呼んで説教ですよ。そのぶん趣味の時間は削られるわけで、こっちも若いから不満が顔に出る。「なんだその顔は」ってわけでさらに説教延長。「お前の段取りが悪いからあすこで二分はロスした」とか「誰も聞いてないと思ってよその前座に愚痴こぼしてただろう」とか。

悲しかったですよ、右も左もわからない十九二十歳の私に郵便ポストの開け方から着物の着方、腰を痛めない荷物の持ち上げ方まで丁寧に教えてくれた人に、どうしてこんな目の敵にされるんだろうって。

そう思う一方で、ひとつ頷けたこともありまして。

初めて師匠に弟子入りを志願しに行ったときに「この半年ちょっとで新しいのが二人入ってきた」って言われたのに、いざ入門してみたら長野兄さん一人しかいなかった。つまり、もう一人は私が入る前に辞めてんです。

ほかの兄さんたちに「なんで辞めたんですか？」なんて聞いたら、話は行きがかり上どうしても愚痴や泣き言になるでしょう。ですから聞けずじまいで真相もわからずじまいだったんですが、その人ももしかしたら二号室で説教されて、四号室で人知れずため息をついていたんじゃないかって、ええ、思わないではいられませんでした。

そんな具合で後楽荘では説教されて、寄席では足手まといのままで、という苦しい日々が続くと、おかしなことに師匠の家での稽古が楽しくなってくるんですね。高座に上がる十分少々と稽古の時間だけは、全身で落語に没入できる。

もちろん、稽古は厳しかったですよ。でも、厳しいことに臨んでいる間は嫌なことを忘れられる。それがうれしいんです。とくに私は四国の出身ですから、気をつけないとお国訛りが出る。高校の頃から我流の江戸弁を使っていたけど、我流はしょせん我流です。

師匠には、横丁の隠居が言う「おい、八っつぁんや」の「おい」から徹底的に直されました。「お前の『おい』は人と人との距離が近すぎて、軽みの入る余地がねえんだ」なんて具合で。それで何度も繰り返してやっと「おい」に及第点をもらえると、今度は「八っつぁんや」の「や」が気に入らないとくる。——うれしかったですねえ。

いやいや、本当にうれしかったんですよ。ええ、どうかしてたんです、私。

前座もいくつか噺を覚えたら、よその師匠のとこに教わりに行ってもよいという許可をもらえます。私もいろいろな師匠に稽古をつけていただきましたが、これも刷り込みなのか、ここだけの話、一昇の教え方がいちばん肌に合っていた気がします。

しっくりくるんですよ、手取り足取り教える部分と、「頭を使え」って突き放す部分とのバランスが。「徹底して考えろ。首をかしげる角度ひとつにも理論の裏付けがあるのが話芸ってもんなんだ。だけど理論だけで演るな」なんて。

まあ死んだから言いますけど、ウチの師匠、ちょっと異常なんです。たまに寄席の開口一番まで聴きに来ましたからね。一席終えて袖に戻ろうとしたら師匠がむずかしい顔して立っていた、なんてことが何度かありました。あれはねえ、キャッと叫びそうになりますよ。

早入りして聴いたからって、師匠がその場でアドバイスをくれることはないんですけど、ずいぶん経ってから稽古中いきなり注意されることはたまにありました。「先々月の浅草演芸ホールの下席でお前が演った『元犬』、途中から白の背筋が伸びたのに気づいてたか」って。記憶力も異常なんですよ、ウチの師匠。

入門して三年目の夏あたりでしたか、一度、念願の「藪入り」の稽古をつけてもらったことがありました。特別サービスです。「ずっと練習してたんなら演ってみろ」と言われたもんだからはりきって始めてみたら、噺の中の夜が明ける前に「もういい」って止められました。だからそのときの稽古は一度で終わっちゃった。息子の亀吉、実家に帰ってこられずじまい。

ただ一箇所だけ、師匠がお手本を見せてくれまして。夜中に父親が「倅が帰ってきたらあすこに連れてってやろう」って思案する場面でした。「いいか？　三年ぶりに倅が帰ってくるんだぞ？　十歳の子が十三になって戻ってくるんだ。親の喜び、心配、照れくささ、ぜんぶ想像しろ」なんて言いながら、背中を丸めて——。

「湯から帰ってきたらよ、観音様に連れてってやろう。あいつ、にぎやかな所が好きだからな。観音様まで来たら、ついでに上野まで行って山下さんに挨拶させるか。あの人、亀のこととこんなちっちゃいガキの時分からかわいがってくれたからな。そのあとは、そうだな、亀に海を見せてやろう海。品川なんかその気になりゃ目と鼻の先だしな。そこまで来たらだよ、せっかく品川まで来たんなら、お大師様にもお詣りさせてやりてえな、川崎の。なにしろあいつはにぎやかな所が好きだから。お大師様からもうひと足延ばしてよ、横浜に行って外国の船を見物させてやって、そうだよ、横浜まで来たんなら、鎌倉江の島を見ないって手はねえや」と――（拍手）。

えー、ありがとうございます。続きを聴きたいって方はですね、来年冬の第二回独演会で……。

へヘッ。

そんな具合に、いったんスイッチが入ると客が前座一人でも熱演してしまう落語家でございました、匂梅亭一昇は。

おかげで心象風景といいますか、師匠の家と後楽荘、住所はおんなじ小石川なんですが、記憶に残っているお天気がまったくちがうんです。師匠の家とその周りはいっつも晴れてるのに、後楽荘とその周りはいっつも曇り。ときどき雨。

師匠にたっぷり稽古をつけてもらって、高座では背中がゾクッとするような反応をもらえることも増えてきて、スキップするような足取りで後楽荘に向かうんだけど、アパートの鼠色が見えてくると脚がずーんと重くなる。帰れば案の定携帯電話で呼び出されて、兄さんの気の済むまでの一、二時間は心を殺して説教に耐える日々。

その反動なんでしょうか、寝床の妄想は亀吉の父親同様どんどんスケールアップしていきまして、サンライズから降りてホームでセレモニーをするだけじゃ終わらない。オープンカーに乗って高松市内をパレードするようになっちゃった。もう、落語家じゃなくて金メダリストのスケジュールですよ。建物という建物から降る紙吹雪が見事なんです、ええ。

妄想がそんな調子で晴れやかになっていく一方、現実はどんどん暗くなって参ります。

ゲンコツが一度もなかったのだけが救いなんですが、細かいことで毎日のように叱られてるとやっぱり気が滅入ってきます。また、高座での高揚感と二号室の息苦しさの落差が激しいもんだから、もう心の置き所がどこなんだかわかんない。

今だから言えるけど、よその一門の前座さんたちがうらやましくってしょうがなかったです。みんなそれぞれ序列というものは守りつつ、仲よく助け合ってやってるんですよ。一昇の前座二人にはあり得ない光景で。

こっちは助け合うどころじゃありません。「仕事を初歩から教えてやる」なんて言われて、とうとう兄さんの二号室の掃除までやらされるようになっちゃった。こうなるとさすがに職権濫用です。

長野兄さんも、初めのうちは私を教育したい一心だったと思うんです。説教の内容もまずまず理に適って（かな）はいました。ただ、間に金髪爺さんの部屋を挟んでるとはいっても、二人だけの合宿所みたいなものでしょ？　しかも四つくらい歳の差があって、入門も半年以上向こうが早い。そういう状況で半年一年と小言を並べているうちに、抑えがきかなくなってっちゃったのかもしれません。兄さんだってまだ二十代の若者ですしね。

まあ、ねえ、この歳になれば「泣き言」と「相談」の区別もさすがにつきますから、ほかの兄さんに打ち明けるなりの方法も講じられますが、当時の私はまだ二十歳そこそこの子供ですし、ええ。もう反発する気力も何も吸い取られちゃってて、ただ落ち込むしかできません。長野兄さんの声を耳にするだけで心臓がドキドキしてくるし、胃はキリキリ痛くなるしで、「一昇の一門にいるかぎり、俺はこの先ずっとこういう思いをし続けなくちゃなんないのか」って思い詰めちゃった。

そんなこともあって、夜中の妄想の最中に「もう、真打になるまで待ってらんねえや」って思ってしまったんです。「なんだ、香川に帰れば兄さんに説教されないで済むし、日の当たる部屋で寝起きできるじゃないか」って。それが悪魔の囁きだって気づける余裕なんかなかったです。

お金なんてろくろくないから、いちばんデラックスな寝台なんて贅沢は言ってらんない。カーペット敷きの安い席でいいから、サンライズに乗って帰っちゃおう。

そう方針を固めたら、なんだかワクワクしてきましてね。妄想は棚上げして寝床で夜逃げの計画を練りました。

善は急げで、……「善」なんでしょうか、夜逃げが。とにかく、決行は四月二十日の夜に決まりました。その日まで私は鈴本演芸場の昼席で前座仕事。たまたま一昇も同じ芝居にトリで出てまして、師匠のほうは翌日はオフ。二十二日からはまたスケジュールがびっしりだから、逃げるなら二十日しかない。入門から三年三ヵ月。前座になってからは丸三年でしたか。

引っ越し荷物の運び出しなんかできません、バレちゃうから。あとから親に頭を下げて業者に依頼する算段でした。ですからバッグに詰められる物は詰めて、ちょっとした空き時間にみどりの窓口で坂出までのサンライズの切符を買って、あとは、師匠宛の手紙だけ用意して。

書きたいことはたくさんあったんですが、愚痴や泣き言が嫌いな師匠ですし、こっちにも意地がありますから、兄さんのいじめについては触れないでおきました。ただ「落語が嫌になったわけではありません」とだけは書いて、三年あまりの感謝とお詫びの言葉を綴って、糊でべったり封をして部屋に保管。

決行当日はいつものように兄さんと二人、朝七時半に師匠の家に行って、郵便ポストから朝刊を慎重に摘出して、朝ごはん食べて、という日課を何食わぬ顔でこなしました。

で、開場前の鈴本に行ったら、立前座(たてぜんざ)の兄さんに「うどん、開口一番」と指名されまして。偶然とはいえ最後の日に高座に上がらせてもらえるなんて運命を感じちゃうなあ、なんて感慨に耽(ふけ)る余裕はありません。

前座仕事に追い立てられて、バタバタしているうちに出番です。ネタは「子ほめ」。初高座もこのネタだったなって気づいたのは終わってからです。

で、高座返しをして、めくりをめくって、舞台袖に戻ったらそこに師匠。キャッと叫びかけました。だって、トリの出番は四時間ちかくもあとですよ? 異常でしょ?

動揺しつつ「勉強させていただきました」って頭を下げましたが、いつもと同じでとくにアドバイスもありません。こっちも忙しいからその場はそれっきりです。

打ち上げ会場は、たしか寿司屋さんでした。いつもは一時間半そこそこで切り上げる師匠なんですが、なんの気まぐれかその夜にかぎっては長っ尻で。「うまいうまい」って言いながら天麩羅や寿司をゆっくり味わっておりました。

こっちは気が気じゃないですよ、夜の十時にはサンライズが東京駅を出ちゃうんですから。兄弟子たちにお酌をしたり空いた皿を下げたりしながら、ずっとチラチラ師匠の方を窺ってましたよ。「早く食え！」って念じながら。

　小石川の家まで送ったときは、もう九時を過ぎてました。「失礼します！」って挨拶して、後楽荘に取って返して、バッグと手紙を引っ摑んで、また師匠の家の前まで行って、音を立てないようにそーっとそーっと手紙を郵便ポストに収めたら、後楽園の駅までダッシュ。

　空きはいくらでもあったのに、丸ノ内線の中では座りませんでした。逃走の興奮もあったんですが、誰かのお使いや仕事じゃなく自分の意志で電車に乗るというのがずいぶん久しぶりだったもんですから、気が昂っちゃって。

　東京駅のホームには、もうサンライズが停まってました。二階建ての大きな列車なんですが、あずき色とベージュのツートンカラーの車体がホームの照明に照らされてきれいでしてね、つい見とれてしまいました。なにしろ夢にまで見たサンライズが、正確に言うんなら妄想で見たサンライズが、そこにいるんですから。

　席は、さっきお話ししたとおり寝台ではありません。「ノビノビ座席」というカーペット敷きのスペースです。そんなのが上下二段ズラッと並んでます。こう、レールに対して直角に、頭を窓に向けて横になる形なんですが、寝具はといえば毛布が一枚用意されてるだけ。まあ、寝台料金なしで横になれるんだから文句は言えません。

　席と通路との間にはカーテンがあるんですが、となりの客との間の仕切りは頭の側に申し訳程度に付いているだけで、プライバシーはあんまりありません。イメージとしては、フェリーの二等船室が近いんでしょうか。

ただ、プライバシーなんかなくったってこっちはへっちゃらです。なにしろ長野兄さんにプライバシーを削り取られる生活をしてましたから。

平日だったけど、席は七割方埋まってましたかね。列車がゆっくり走りだすと方々から缶ビールの蓋を開ける音なんかが聞こえてきて、こう、旅情というものが急に広がりだしました。

寝台特急といっても、首都圏だと夜の十時じゃまだ前がつかえてますから、そこまでスピードは上げません。街も駅も小石川と比べるとずいぶん明るくって、〈新橋〉とか〈品川〉とか、そういう駅名表示も見えます。「あっ、新幹線だ！」なんて、一人小声ではしゃいじゃったりして。

東京の夜景を見るのもきっとこれが最後だろうなあなんて考えているうちに列車は多摩川を渡りまして、〈川崎〉なんていう駅名が車窓を横切ったかと思うと、横浜で停車しました。

――ほら、冒頭に言ったでしょう、「川崎は印象深い土地」だって。あれ、嘘じゃないんです。あの夜の記憶がまだこびりついてんですよ。

横浜までは二十分少々かかったんでしょうか。列車が出発したときの高揚も時間が経つとともにだんだん醒めてきまして、横浜を出て窓の外の明かりも徐々に少なくなってくると、なんだか、寂しくなってくるんです。

勝手なもんでしょう。ええ、勝手です。勝手に逃げだしといて、勝手に寂しがってる。そのうち藤沢なんて駅も通り過ぎて、「ここも師匠に連れられて来たなあ。江の島が近いんだよなあ」なんて思っちゃったらもうダメ。「藪入り」の父親の言葉がワーッと頭の中で渦巻いて――。

「だけど、冬の江の島は寒いし、亀が風邪ひくといけねえ。いっそのことあったかい静岡行って久能山から吐月峰、それからお前、ついでだから名古屋で金のしゃちほこ見せてやろう。あいつ喜ぶぞー。ああそうだ。お伊勢参り。名古屋にいるんだったらお伊勢さんなんてすぐそこだ。お伊勢さんから京大阪。そこから船を出して金比羅さんにお詣りしてよ――」

「あんたそれ、一日であの子連れ回そうっていうのかい」

そこまで、ブツブツ暗誦してました。迷惑な客ですよ。

で、暗誦しながら考えたんです。「藪入り」の父親は倅が帰ってくるのを寝床の中で心待ちにしているけれど、坂出の両親は何も知らされていない。それなりに覚悟を固めて東京に送りだしたはずの息子が夜逃げしてきたら、二人ともがっかりするんじゃないかって。

取り返しのつかないことをしちゃったなあと、遅ればせながらようやく気づきました。両親にすまないってだけじゃない。手取り足取り自分を育ててくれた師匠に、恩を仇で返すような真似をしてしまった。毎朝文句一つ言わずごはんを食べさせてくれたおかみさんにも申し訳が立たない。

夜逃げをしようと決めたときの私には、長野兄さんなんていう小者しか見えてなかったんです。その後ろにいるはるかに大きな人たちを見失ってた。師匠はなんにも悪くないんですよ。厳しかったけど、意地悪は一つもされてない。師匠の弟子にたまたま変なのが混じってただけなんです。

私が乗っているサンライズは夜行だけあって照明も控えめで、頭の上のライトを消すと手元もはっきりしなくなるほどなんですが、その暗さがどこか寄席の舞台袖を思わせまして。となると連想するのは前座の噺を聴く師匠の姿です。

翌日以降も私が弟子であり続けると信じているから、師匠は「子ほめ」を聴きに来た。私の下手な落語をじっと観察しながら、いつか稽古で助言することも考えていたんでしょう。なのに、私は逃げた。

揺れる列車の中で、こういうのを親不孝者っていうんだなと思い知りました。坂出の両親と、東京の師匠とおかみさん、両方に対して私は親不孝者ですよ。

私がこの道を志すきっかけになった「藪入り」の亀吉は、よくできた息子なんです。あの子の台詞を高校の頃から繰り返してきたのに、私はあの子の気持ちがさっぱりわかってなかった。上っ面の台詞だけなぞってたんです。

もう、眠れなかったです。体は疲れてるのに、頭が冴えちゃって。カーペットの上に横にはなるんだけど、一睡もできない。

……いや、明け方ちょっと寝たか。

まあ、どっちみち浅い眠りですよ。

目を閉じると、車輪がレールの継ぎ目を踏む音とかモーターのうなる音なんかと一緒に師匠の声が聞こえてくるんです。それも短いフレーズばっかり。「手拭っ」とか「櫛っ」とか。おちおち寝てらんない。

うつらうつらしながら「明日も師匠の家に行かなくっちゃ」って考えて、「ああ、もう行かかなくっていいんだ」ってほっとして、それからキュッと寂しくなって。兄弟子たちの笑い顔なんかも次々と――長野兄さんは飛ばして――、次々と浮かんできて。

そうこうしているうちに窓の外が明るくなってきまして、夜中は中断していた車内放送もまた始まって、姫路、岡山と停まるともうすっかり朝です。

寝るのはあきらめて、窓の外の岡山の平野をぼんやり眺めておりました。田植え前の田園地帯を、朝日がまんべんなく照らしていたのを覚えてます。空がとにかく広くってねえ。都心の空はやっぱり窮屈ですから、遮るもののない太陽光がまた一段と眩しいんです。

列車は岡山から南に下ってって、瀬戸大橋に向かいます。橋の手前の児島っていうのが本州最後の停車駅で、そこを出たら瀬戸内海を渡って次は坂出です。

「ああ、もうすぐ海を渡るのか。降りる準備をしなくっちゃ」と思うんですが、私、まだカーペットの上でぼんやりしてました。寝不足と、無礼を働いた情けなさとで気力が萎えちゃって。

それでもいちおう「海を渡ればそこは故郷だ。苦しい前座生活と完全にオサラバだ。地元で頑張って落語家以外の何者かになるぞ！」なんて自分を奮い立たせようとするんですが、どうにも盛り上がりません。

列車がどんどん南へ下ってって、児島駅のホームに差し掛かった頃です。バッグの中で携帯電話が震えてるのに気づきまして。どうせ長野兄さんだろう、うるせえな、切っちゃえと思って取り出してみたら、画面に〈師匠〉。

……習性ってこわいですね、一も二もなく出ちゃった。

「おはようございます！　うどんです！」

車内のみなさん全員に自己紹介。ところが師匠の声の大きさは私の上を行く。

『オイッ、うどんっ』

携帯電話のこんな小さなスピーカー越しに、車内いっぱいに声を響かせまして。

『どうした。まだ後楽荘か』

「まだ」って、まだ七時前なんですよ。師匠の家に行くには早い。だから「まだ」はおかしい。

それに、周りのノイズで列車の中にいるんだなってわかるじゃないですか。

「いえ、師匠、私は……」

と言いかけて、ハッとした。師匠はきっと手紙を読んだんです。たまに早起きして、郵便ポストから朝刊を抜き取ることがありましたから。だから、手紙を読んで電話を掛けてきて、その上でとぼけてるんです。

どうしよう！

一瞬だけ考えました。海を渡れば四国です。我が故郷。生まれ育った土地。でも、目の前に浮かんだのは実家じゃなくて、小石川の師匠の家でした。

黙ってたら師匠が焦れまして、もう一度聞いてきました。

『オイ、どこにいるんだ』

「後楽荘です！　今から参ります！」

……だって、ねえ。こっちもとぼけるしかないでしょ？

折しも列車は児島駅に停車中。死にもの狂いで車内の通路を駆け抜けてホームに飛び出しました。

奇跡的に財布に残ってたお金で岡山から東京までの新幹線の切符を買って、小石川にとんぼ返りです。やればできるもんで、昼には着きました。

ポストには、切られた封にまたテープで封をし直した手紙が入ってた。あれたぶん、長野兄さんが蓋を開けたあとで師匠かおかみさんがそっと戻したんでしょうね。パッと摑んでバッグの底に押し込んで、「おはようございます！」って玄関に入っていきました。

もちろん、師匠からは暴風雨のような激しさで叱られましたし、こっちもそれこそ畳に額を擦りつけて許しを請いました。

でも、ありがたかったです。もしあの電話で師匠が「あの手紙はどういうことだ」って切りだしたら、それはつまり「あなたの申し出は受理しましたよ」という意味になるじゃないですか。勢い、辞める方向で話をせざるを得なくなる。ところが「まだ後楽荘か」ときた。「何も見てないよ」というメッセージです。

この恩に報いなくっちゃと思ったら、意地の悪い兄さんの嫌がらせなんてどうでもよくなりました。とにかく稽古をしたし、前座仕事も、できないなりに熱意だけは全身で表して乗り切りました。

ああ、恩に報いなくっちゃいけない人は、ほかにもいました。

先日の師匠の一周忌で初めて知ったんですが、私が許されたのはおかみさんの取り計らいがあったからみたいなんです。おかみさん、どうも私の様子がおかしいってことに前々から気づいていたらしくて。で、その朝、当時まだ二ツ目だった昇らく兄さんを電話で叩き起こしまして、わけもわからず駆けつけた兄さんと一緒になって師匠に頭を下げてくれたから、師匠も矛を収めてくれた、というのがだいたいのところのようです。

二人の思いやりがほんとにうれしくってですね、法事のあとで昇らく兄さんと二人で飲み直しに行きまして。お礼かたがた潰してやろうと思ったんですが、筋金入りの呑兵衛にはかないませんね。ものの見事に返り討ちに遭いました。

前座の長野兄さんが辞めてったのは、私の夜逃げ未遂と同じ年の夏のことでした。実家の商売を手伝うことになったとかなんとか。でも実際のところは、いろんな悪事がバレて一門に居づらくなったからかもしれません（拍手）。

――拍手しない拍手しない。およしなさいって。そりゃね、私もこっそりバンザイしましたし、そのすぐあとに二ツ目昇進も決まって、後楽荘にのしかかる黒雲が吹き飛ばされたように思えたのはたしかです。

本当に、地元に逃げ帰る寸前に首根っこを摑まえてもらえてありがたかったなと、はい。

ああ、地元といえば、おかげさまで私も真打になってからはちょくちょく地元に呼ばれてまして。ええ、念願かなっての凱旋落語会です。

毎年二回は香川のどこかで演ってるんですが、主催者から送られてくる切符がですね、飛行機のエコノミークラス。レッドカーペットなし。パレードもなし。サンライズのデラックスな個室寝台に乗せてもらえる日はまだまだ先みたいです。

しかしなんですね、こうやって、時間はどんどん流れていくんですね。師匠は真打からさらに昇進してしまったし、私も昇らく兄さんも今やすっかりおじさんだし、おかみさんもおばあ――美しく歳を重ねられましたし、ねえ。

あの後楽荘もいつの間にか取り壊されて、この前見たら更地になってました。

後楽荘で過ごした最後の夏のことは、これはよく覚えてます。二ツ目昇進はもちろんうれしかったんですが、自分が長野兄さんを廃業させたようなもんだなと思うと、心にちょっとした刺（とげ）も残りまして。

そんなどこかチクチクする毎日だったんですが、刺は意外な人が抜いてくれました。あの人です、金髪爺さん。いつも廊下で洗濯してる人。

ある朝爺さんがしきりに生あくびをしてるんで、こっちが遅くまで部屋で稽古してるせいだなと思って謝ったんですよ。「いつもうるさくしてすいません」って。そしたら爺さん、しゃがれ声で――。

「あんちゃんの部屋がうるせえのなんかよう、こっちは慣れっこなんだよう」

これが、怒られてんのか、もしかしたら褒めてくれてんのか、じつにわかりにくい口調でして。

こっちが口ごもってると、爺さんおもむろに二号室を指さして「反対側の部屋はよう、いっつも静かだったんだけどよう」って、そう言って笑ってました。

なんと申しますか、見てる人は見てるもんですね。稽古不足を付け焼刃で取り繕っても、いつまでもごまかせるもんじゃないよと、そんなことを教えられた気がします。

こんちはーっ。ご隠居さんいるかいご隠居さん。おーい、いるかーっ？

なんだい八っつぁん、いきなり人の家上がり込んできて——。

謝辞

ここに記す方々に心より感謝申し上げます。

それぞれ取材の相手であったり、執筆の伴走者であったり、あるいはインスピレーションの源であったりと、著者との関わりは様々ですが、どなたか一人が欠けてもこの本は成立しなかったでしょう。しかし言うまでもなく、文責はすべて著者にあります。

甲子園談議に付き合ってくれた江坂の中華料理店の気さくなお兄ちゃん。埼玉在住阪神ファンの友人D。九月の雨の中、六〇年代当時のエピソードをたくさん聞かせてくれた「都電おもいで広場」のボランティアのおじさん。豊橋市内線の車内でなぜか漢方薬の分包をくれたおばあちゃん。小学校の周囲や地下道をうろつくあやしい中年男に「こんにちは」と（おそらくは防犯活動として）挨拶してくれた福岡市東区の男子小学生。

門外漢のたどたどしい取材に「ザ・一蔵ショー」と呼びたくなるような見事な話芸で応えてくださった落語家の春風亭一蔵さん。前座時代の御自身と向き合うように一問一問熟考しながら答えてくださった入船亭遊京さん。

四角い光の連なる素敵な装画を描いてくださったイラストレーターのげみさん。

新潮社の大島有美子さん（『yom yom』担当編集者。また、この短編集の発案者でもある）。内田諭さん（『小説新潮』担当編集者）。大庭大作さん（単行本担当編集者）。太根祥羽さん（大阪弁監修）。後藤結美さん（博多弁監修）。
そして、この本を手に取ってくださった皆様。
ありがとうございました。

著者

【初出】

やまびこ「小説新潮」二〇一八年六月号
タイガースはとっても強いんだ「小説新潮」二〇一八年十月号
二十歳のおばあちゃん「yom yom」vol.53　二〇一八年十二月号
名島橋貨物列車クラブ「小説新潮」二〇一九年六月号
海を渡れば「yom yom」vol.57　二〇一九年八月号

装画　げみ
装幀　新潮社装幀室

著者紹介

1971年東京生まれ。2004年、第16回日本ファンタジーノベル大賞優秀賞受賞作『ボーナス・トラック』でデビュー。映画化もされた『陽だまりの彼女』はミリオンセラーになった。他にも『階段途中のビッグ・ノイズ』『金曜のバカ』「いとみち」シリーズ『魔法使いと副店長』『房総グランオテル』『まれびとパレード』など多くの著作がある。

四角い光の連なりが

発　行……2019年11月20日

著　者……越谷オサム
発行者……佐藤隆信
発行所……株式会社新潮社
〒162-8711 東京都新宿区矢来町71
電話 編集部（03）3266-5411
読者係（03）3266-5111
https://www.shinchosha.co.jp
印刷所……大日本印刷株式会社
製本所……大口製本印刷株式会社
乱丁・落丁本は、ご面倒ですが小社読者係宛お送り下さい。
送料小社負担にてお取替えいたします。
価格はカバーに表示してあります。

ISBN978-4-10-472306-5　C0093